たべましょうね。」
勝呂がアルバムを持って、納戸のほうに行きかけると、息子が手にぶらさがって
きた。
「見せて、その御本」
「あのアルバムね」妻もうしろから声をかけた。「そのアルバム、私また
見たことはないわ」
「　　。お前の知らん人の写真ばかりだ。見るほどのものじゃない」
勝呂は不気嫌にそう答えると納戸の戸をあけて雑多なものが並んでいる一番上の
棚にその写真帖をかくした。
「どうして見せてくれないの」
「見たって仕方がないさ。言ったろ、お前には、関係がないんだ」
彼は恨めしそうな顔をする妻に首をふった。首をふりながら、心の
なかで、どうしたらもう少　　経を働かせと言ってやった。
「
稔が手を　　ため　　て追ってきた父は勝呂と嫁の顔をみながら
ら不安　　た、
「あのアルバ　　女は無思慮に答えた。「この人ったら、どうしてあんな高い
ところにかく　　黙ったまま、稔の手をもって風呂場につれていった。父は
父はうつむい　　かの写真が剥ぎとられていることを知っていた
「そのアルバムの

（二行アケ）

「よくたべる
「そうなんですの　　さないかと、いつも心配なんです」

「　　う。し　　同じ子より、おかげでずっと大きいじゃないか」

「お医者さまにほめられる人ですよ」

父は妻楊子をつかって歯をほじくり　妻は息子をほめられたことに得意になってしゃべっていた。

遠藤周作

Shusaku Endo

影に対して

母をめぐる物語

新潮社

影に対して　目次

影に対して

母をめぐる物語

影に対して

勝呂《すぐろ》は畳に片手をついて、父の家に焼け残った古いアルバムをめくった。アルバムの黒い紙は色あせ、湿った臭いが充満していた。少年時代の彼の写真、父に撮ってもらったものである。高尾山に登った時の写真。丸坊主の彼がくたびれたような顔をして父と並んでいる。熱川の海岸でうつした写真。これも父と一緒である。どの写真のなかでも、今の彼と同じ年頃の父は愛想笑いを浮かべていた。(彼は自分も写真をとられる時、この父と同じように、気の弱わそうな微笑を頰に浮かべることをふと考えた)そして、それらの写真のところどころに、あきらかに前にはそこに貼りつけてあったのに、剝ぎとった痕があった。糊のあとだけが灰色に乾いて残っている。彼はその写真にうつっていた人が何者か、その写真を誰が剝ぎとったのかを、もちろん、知っていた。

「おいで。稔、手を引いてあげよう」

父は勝呂の息子の手を引きながら、庭の小さな池の周りを歩いていた。うしろから勝呂の妻が義母と話をしながらついていく。日光躑躅《つつじ》の真赤な花が池のほとりに小さな炎のように燃えている。黒い地面から菖蒲が剣に似た芽を出している。

「これは鯉、金魚じゃないね。さあ稔、何匹いるかな」父は立ちどまって、稔をうしろから抱きかかえるようにして水面を覗きこんだ。「三匹、四匹」

自分の子供が、その父の手を握りしめているのが、勝呂には不愉快だった。理窟ではそういうことが理不尽だと彼はうち消そうとする。彼は眼をアルバムに落して剝ぎとられた写真のなかの人に心のなかで呟く。あなたは稔の顔をみずに死んだ。稔をだく悦びも持たなかった。稔の顔だけではなく、ぼくの妻の顔も知らない。あなたは今、この春の日曜日、嫁や孫に囲まれているあの父をどんな気持で眺めているのか。

「二匹、三匹、四匹」

「まだその岩の下にもいるぞ。かくれているぞ」

池の水面に陽炎のように陽が動いた。鯉が走ったのである。和服の上に手製のモンペをはいている父の満足そうな顔に照っている。焼ものや茶には、もともとこっていたのだが、勤めをやめてからは、父は着るものまで俳人風の恰好をするようになっていた。

「そろそろお茶にしましょう」と義母は、稔の頭をなでながら「さあ、茶の間でケーキをたべましょうね」

アルバムを持って勝呂が、納戸のほうに行きかけると、息子が手にぶらさがってきた。

「見せて、その御本」

「アルバムね」妻もうしろから声をかけた。「その古いアルバム、私まだ見たことはないわ」

「お前の知らん写真ばかりだ。見るほどのもんじゃない」

勝呂は不機嫌にそう答えると、納戸の戸をあけて雑多なものが並んでいる一番上の棚にその写真帳をかくした。

「どうしてかくすの」

「言ったろ、見たって仕方がないと。お前には、関係がない」

彼は恨めしそうな顔をする妻に首をふった。首をふりながら、心のなかで、もう少し頭を働かせと言った。

「どうしたんだね」

稔に手を洗わせるため追ってきた父は勝呂と嫁との顔をみながら、不審そうにたずねた。

「あのアルバムですの」妻は無思慮に答えた。「この人ったら、どうしてか、あんな高いところにかくして」

父はうつむいて黙っていた。黙ったまま、稔の手をもって風呂場につれていった。父はそのアルバムのなかに、幾枚かの写真が剝ぎとられていることを知っていた。


「よくたべるね、稔は」

「そうなんですの。お腹をこわさないかといつも心配なんです」

「しかし、同じ年の子よりおかげでずっと大きいんじゃないか」

「お医者さまに、ほめられるんですよ」

父は爪楊枝をつかって歯をほじくり、妻は息子をほめられたことに得意になってしゃべっていた。

「この人も、子供の時はこのくらい食べたんですか」と調子にのった妻は言った。

「この頃、食が細いんですのよ」

妻は自分が口に出した言葉が、父と義母とにどんな反応を与えるか気がついていない。勝呂の少年時代のことについては何も知らぬ義母の前でこんな質問を口に出すことは無神経だとも考えてもいない。勝呂は心のなかで舌打ちをした。

「なあに」父はわざと磊落な表情をつくって「こいつは間食ばかりしてね。いくら言いきかせても直らんものだった」

知らん顔をしながら義母は義母で稔にプディングを匙ですくってやっていた。

「でも子供の頃はこんなに痩せてなかったんでしょう」

「普通だったろうね」父は義母にそっと眼をやりながら「しかし、大学の時は、一時、肥っていたこともあったじゃないか。食糧難の頃だったが、こいつに食べさせるためにシゲが随分買出しにいったもんだ」

大学時代の自分の写真なら、妻に見せたことがある。だが、勝呂の子供時代をうつしたアルバムは、納戸の奥にかくすようにしまわれて、長年、白い埃をかぶっている。勝呂のまぶたの裏にもう一度あの誰かが剝ぎとった写真の跡が——乾いた、きたない灰色の糊跡が——うかんだ。私はあなたが時折、作ってくれたホットケーキの味を憶えている。小学校から帰った時、あなたはそのホットケーキにドリコノをたっぷりかけて食べさせてくれた。彼は稔にプディングをすくってやっている義母の手の動きを見ながら考えた。ドリコノの味。あのキャラメルに似た味のする飲料は勝呂が子供の頃しかなかったものだ。

「有造」と父は膝の上に稔が落した菓子屑を丁寧にとりながら「ところで話があるんだがねえ。一寸《ちょっと》、来てくれないか」

茶の間を出て、父の書斎にはいると、昔と同じようにすべてのものが、ちゃんと整頓されていた。書棚には仏教訓話集や生長の家の全集が並べられ、机の上には筆立てやハンコや大きな銅の文鎮がおいてある。二十年前、彼が大学生だったころと何一つ変っていない。それは父の今日までの変化のない生活をあらわしているようである。この書斎に新しく入ったものは「人間万事無一物」と書いた額だけである。これは父とは何の関係もないなと勝呂はうす笑いを頬にうかべた。

「それか。それはこの間、頂戴してね」

「だれの字ですか」

「衆議院の田村さんが書いてくださったのだ」

誰が父のために書こうが勝呂には興味がない。ただ彼は、人間万事無一物というような言葉が父の人生に全く無縁であることを知っていたから、少しおかしかった。

「話って何です」

「うん」父は空拭布《からぶきん》で机をふきながら「私も教職を今年やめたからね」

「経済的なほうは？」

「いや、そのほうは心配ない。前からちゃんと備《そな》えておいたから」

そうですね。父さんならそういうことは、十年も十五年も前からちゃんと準備しておかれるでしょう。あなたのこの部屋には昔、「備えあれば憂なし」という誰かの字がかけてあった。この老人が株を買い、老後保険に入り、それから義母のために生命保険に入っていることも彼は前から知っている。

「どうも、机というものは毎日、こう欠かさずふいておかないと光らないな」父は手を動かすのをやめて呟いた。「しかし何だね。人間も同じことだ。若いうちからちゃんと磨いておかないと、年とってから手がつけられなくなるぞ。お前のような年齢の時には、一寸した欠点でも、若さのために許してくれるが、年とると話がちがう。年をとった人間はもう世のなかのために役にたたぬからね。世の中からも、きびしく当たられるようになる。ここが大事だ」

この父に少年時代から処世訓めいたこんな話を幾度、きかされたことだろう。「仏教訓話」や「生長の家全集」そういった書棚の中の本から取ってきたような話を父は勝呂にきかすように、自分の生徒たちにも聞かせてきたのである。

「実は、書きものをこの頃してみたんだがね。年とっても遊んでいてはいかん」

父は机の下から大きな紙袋をだしてみせた。

「何の書きものですか」

「李商隠《りしょういん》の伝記といったものだ」

勝呂は、父が手渡したずっしりと重い紙袋を開いた。原稿用紙でほぼ百枚ぐらいの分量である。小さな字は父の小心な性格をよくあらわしていた。書き損じもなければ、訂正したあともない。父の人生にはたった一つのことを除いて、書き損じも訂正もなかった。そんな男にものを書くなどとはどんな意味があるのだろう。

「大変だったでしょう」勝呂はうす笑いを頰にうかべた。

「いずれ本にして出したいと思っている」

「本屋のあてはあるのですか」

「そこでそれをな、お前にたのもうと思ってね」急に媚びるような笑いを父はみせ

「自分としてはまあ、A社などいいと思っている」

A社というのは一流の出版社である。無名の老人が書いたものを持ちこんで、おいそれと出版する筈はなかった。

「しかし百枚じゃ本になりませんよ。普通、本というのはね……」と勝呂は逃げようとしたが、父はそれには気づかず「もちろんこれは全体の三分の一だよ」

勝呂は不機嫌に煙草に火をつけた。探偵小説の翻訳家である彼は、A社などでも自分の本を出してもらいたいと考えていた。その自分ができないことを父は頼んでくる。自分には父の原稿までとてもA社に持ちこむ力などない。いや、それよりも、彼はもう二十年前のことを思いだしていた。文学部に入ることを反対して安全な人生の道を歩むようにすすめた父を。揚句の果て、彼は二年ほど家を出されて人の家にあずけられた。

八時頃、むずかり出した稔をなだめなだめ、父の家を出た。息子の手を引いている勝呂のうしろから妻はボストンバッグをぶらさげながらついてきた。

「あとで気づいたのよ。あたし」と暗い道を歩きながら彼女は不意にいった。「なぜあなたが、あのアルバムを見せなかったか。ごめんなさい。うっかりしていたの」

彼が黙っていると妻は彼に同情しているのを見せるように、

「あなたも、色々、気を使って生きてきたのねえ、あのお家で」

「お前なんかの知ったことじゃない」彼は道に唾をはいた。自分のあの家における姿勢を妻に見られたことが不愉快だった。「それより、稔の片手を引いてやれ」

「お母さま――、もちろん、あなたの死んだお母さまよ――なぜ、お父さまと別れたのかしら」

勝呂は返事をしなかった。それは彼だけの秘密だった。たとえ妻でも母の思い出のなかに立ち入ってもらいたくはなかった。

母はなぜ、父と別れたのだろうか。もちろん今の彼にはその理由が想像できる。だが、それだって推測の域を出ていないだろう。他人の心の底は、結局、だれにも摑めない以上、彼の憶測も母の本当の秘密を表面的になでるだけのものにすぎぬ。しかし、勝呂の心の中で、彼女の思い出が美化されれば美化されるだけ、彼には父にたいする軽蔑感と共に、母が去っていった理由を具体的にできるだけ突きつめたかったのである。

四年ほど前、ある用事で神戸に行ったついでに、母の故郷に思いきって足をのばしたことがあった。（まだ小さかった頃、母につれられて一度、来たそうだが、記憶にはほとんど残っていない）汽車が二分ほど停車しただけで、そのまま動きだすような小さな駅で、勝呂のほかには下車する人もあまりいなかった。黒い柵に白いコスモスが乱れ咲いたホームに秋の陽がいっぱいさしている。駅前の広場に一台のトラックが停っていた。降りることは降りたが、彼には右も左もわからなかった。

母の従兄の「達さん」という人がまだ、ここに住んでいることをふと思いだして、トラックの運転手にそういう家はないかと訊ねると、運転手はすぐ教えてくれた。赤とんぼが飛びまわる広場を彼は横切った。

母の従兄は、五十五、六才の町医者だったが驚いた顔で彼を迎えてくれた。午後の光のあたった庭には大きな猿すべりがあり、その幹にまだ蟬がないていた。

「あんたの母さんか」彼は朝日を口にくわえながらうなずいた。「まだ女学校に行っとる時しか憶えとらへん」

「なんでもいい。聞かせて下さい」

「家出をした話、知っとるか」

勝呂はうすうすその話はきいていた。女学校の時からヴァイオリンを習っていた。母は卒業後、東京の上野の音楽学校に入学したい気持を持っていた。しかし両親にはげしく反対をされると、彼女はある日、突然家を出てしまった。東京の音楽学校でヴァイオリンを勉強する旅費と当分の生活費とを作るため、姫路のある家庭で女中になったのである。

「今と違うて、それはこの田舎町の噂になってな」達さんは煎茶を入れながら「なにしろ町の分限者の娘が女中勤めをやったんやから、あんたの母さんはその頃から変った女やったよ。ひたむきと言うか、一図《いちず》というかねえ」

「ひたむき」

「まあ、芯が強かったんやろうが」

勝呂は達さんのこの口調のなかに母にたいする懐しさよりは、軽蔑の強いのを感じて黙った。

軽蔑でなくても達さんが、母のやり方をもてあましているような感じがした。達さんだけでなく、母の両親や兄妹もきっと同じ感情をその頃持ったのではないだろうか、彼は眼をつぶってまぶたの裏にある母の影像をたぐり寄せた。

母がむかし通ったという小学校を見た。もちろん当時は黒い木造の校舎だったろうが、今は四角く切った白いコンクリートの建物が建っている。校庭で子供たちが縄跳びをしながら遊んでいる。小学校のある山の中腹から町全体が見おろせた。戦災で焼けて当時の面影は全くないと達さんは言うが、しかし、山にかこまれたこの小さな閉じられた田舎町で、母が一生を終りたくないと考えた気持が彼にもわかるような気がした。


翻訳の原稿を風呂敷包みに入れて、妻の横を通りぬけると、彼女は稔を裸にして白い天花粉《てんかふん》の粉を腕や腋につけていた。

「五月だというのに汗疹《あせも》をつくっているのよ。大家さんのところで桃の葉をもらってこようかしら」

黙って彼は玄関の埃のたまった靴箱をあけ、底がへった靴をとりだした。底から出た釘が足裏をチクリと刺した。

「お出かけ」

「出版社に行ってくる」彼は不機嫌に答えた。「おい、この靴箱を掃除しておけ。中が泥と埃だらけじゃないか。それにこの靴、明日でも靴屋に持っていけよ。すっかり踵が減っている」

「はいはい。……でも、あなたの靴はすぐ右側に減るのよ。歩き方が悪いんじゃない」妻は彼の機嫌をとるように「芯は臆病な意志の弱い性格なんですって、履物がそういう減り方をする人は……」

バス道まで、釘は時々、チクリと足裏を刺した。そのたびに勝呂は顔をしかめ立ちどまった。と、なぜかさっき妻の言った「芯は臆病な性格」という言葉が心に甦った。それは妻としてはたんなる無意識に冗談として言ったに違いないのに、彼にはずっしりとこたえた。六年前、まだ娘だった妻を渋谷の喫茶店につれこんで、彼はあたかも自分が人生にたいして勇気をもった青年のようなふりをしたからである。彼は妻の知らない作家たちの名をあげ、そういう文壇小説がどんなに詰らないか、そして自分はそんな作家を越えたような作品をやがて書くだろうとまで言った。その言葉に幻惑されたのか、一ヶ月後、彼女は勝呂との婚約を承知した。

だが結婚して五年……彼の小説は一度も活字にはならなかった。どの新人賞に応募しても認めてはもらえなかった。はじめ彼は選評者たちが自分の才能を理解してくれないのだと恨んだが、それが幾度も続くと、疲労の埃は彼の家の靴箱のように少しずつ溜り、小説家となろうという願いもいつか諦めに変っていった。彼は語学だけは得意だったから、推理小説の翻訳をすれば、どうにか食っていける。その上に次第にのりかかってきた自分の姿勢を勝呂は一番知っていた。

（芯は臆病な意志の弱い性格）

あれはひょっとすると妻の批評かも知れなかった。無意識から出た言葉だが、無意識から出ただけそれは本気だと勝呂は思う。

出版社で用事をすませると彼は神田のある飲屋の二階に出かけた。一緒に小説を書こうとしている連中との定期的な集まりがそこであるのだった。彼がそこに行った時はもう五、六人が酒を飲みながら何か話をしていた。

「勝呂さん。同人費がまだ今月、未納だぜ」とAが言った。

「あッ」と勝呂は少し赤くなって「すまないけど、少し待ってくれないか。今、払っちゃうと、ここでの酒代が出せなくなるんだ」

しょうがないなとAは舌打ちをするとみんなは笑った。みんな気がいいけれど、誰一人として才能のないことを勝呂は感じながら、いつものようにAやBが文壇の流行作家たちを俗物だと罵るのをきいていた。それは批評というよりは嫉妬から出た悪口であることを勝呂は承知していた。

会が終るとFという男と同じ方向だったのでつれだって電車にのった。

「勝呂さん」若いFは、吊皮にぶらさがって言った。「勝呂さんはこの頃書かないですね」

「書くさ」と彼は面倒臭さそうに答えた。「そのうちね」

「やっぱり、毎月、何か書いていないと。それから、文学をやるって、結局、強情じゃなきゃ駄目ですね」

窓のほうを見ながらFはぽつりと呟いた。勝呂はずっと昔――まだ結婚していない頃、自分もこのFのように気負った気持をもっていたなとぼんやり思った。その気負った気持は今の彼の心の何処からも失せて、白い埃が、結婚生活以来、少しずつ溜っている。勝呂がまだ昔の仲間とこうして細々と交際しているのは、この細い糸が全く切れれば、自分が文学を思い切るような気がするからにすぎぬ。

帰宅すると、妻は眠った稔の横でなにかをつくろっていた。

「お風呂が沸いているわよ」

裸になった彼を彼女は見上げながら、

「そっくり」と笑った。

「なにが」

「稔とあなた。少し猫背のようなところがそっくり」

彼は顔に汗をかきながら眠っている息子を見おろした。稔の体つきが自分とよく似ていることは妻に言われなくても前から知っている。勝呂の父や祖父もそういう骨格をしていて、これは遺伝的ともいうべきだった。勝呂は息子と入浴するたびに、どうにもならぬ血のつながりをそこに感じてなにか不愉快だった。稔はまだどうかわからぬが、父と自分との間には、体つきだけではなく、一寸した仕草や癖も似ているのに気がつくことがある。

「俺の歩き方をみると」彼は妻に訊ねた。「親爺に似ていると思わないか」

「ええ、思うわ。ほんと」

「そのほか、俺を見ていて親爺とそっくりと思うようなところはあるかい」

「そうねえ」妻は一寸、考えこむように首をかしげ「この間、お父さまが新聞をごらんになりながら指で耳をほじくっていらっしゃるのを見て、ああ、親子は争えないと思ったわ」

「なぜ」

「あなたも、よくそんなことするじゃありませんか」

学生時代から、彼は父のそんな恰好が嫌いだった。小指の爪を父は大事そうに長く伸ばしている。その爪でうつむいて新聞を一枚一枚、丹念に読みながら耳をほじくる姿にはいかにもみみっちく、自分の無難な毎日に満足しきっている老人の雰囲気があった。自分は年をとっても、ああいう恰好はすまいと勝呂は思ってきた。しかし、妻に言われてみると、成程、自分もいつかそんな不快な癖がついてしまっているのだ。

その夜、彼は横に寝ている妻の寝息を聞きながら、自分のなかに父と母とからそれぞれゆずってもらったものがあるのではないかと思った。妻の寝息は正確で夜は静かだった。母からゆずってもらったものが何かはまだ言えないが、父から受けついだものは、わかるような気がする。猫背の姿勢や、とも角も何とかやっていける毎日に住みついてしまおうとする自分の臆病さや弱さ——あれは父ゆずりのものなのかも知れない。彼はそういう風に傾いていこうとしている自分を軽蔑し、軽蔑だけでは足りず、そんな時の父を嫌うことで抵抗しようとしていた。

「もし俺と別れるとしたら、どういう時だろう」

彼は煙草を口にくわえながら頬杖をつき妻に訊ねた。

「藪から棒に変な質問。別れる気なの、あなたは」

雑布《ぞうきん》で硝子戸をふきながら、妻は一寸、嫌な顔をした。妻が手を離しても硝子戸はまだガタガタと音をたてた。

「そんなつもりで言ったんじゃない。仮定の話だ」

「自信がなくなったら別れるかもしれないわね」

「自信がなくなったらというと」

「たとえば、あなたに他の女性ができて、その人のほうが立派な時。でも子供がいる以上むつかしいでしょ。女って弱いもんですもの、そうそう、たやすくは今の生活を棄てられないわ」

指先から真直《まっすぐ》たちのぼる紫煙を見つめながら、彼は父のことを考えたのだ。父はいわゆる世間的には決して悪い夫ではない。理窟ではそれはわかっている。あの男がかくれて母を裏切ったことはあったろうか。あの小心な性格は、旧制高校の教師という職を失わないために、とても妻以外の女に手を出すことなどできなかった筈だ。母はいわゆる世間的な意味では父に裏切られた筈はなかった。

(だが父は別の形で母を裏切ったのだろうか)

勝呂はそっと妻のうしろ姿を窺った。父のことを推理するには自分のなかにあるあの男の部分を拡大して考えればよかった。妻は何も知らず懸命に雑布を動かしていた。

「おい」

「なんですか」

「今みたいな生活、不満じゃないのか」

びっくりしたような眼で妻は勝呂を振りかえった。

「どうしてですか、毎日にも困るわけじゃなし」

「いや、そんなことじゃない」彼はうつむいて「むかし、俺は……」

結婚前の俺と結婚後の俺との違い、それにお前は不満ではないかと言いかけたが、それは流石に夫の自分から口に出すのは屈辱的だった。お前は俺が根性のある男になると思って結婚したのではないか。芯は臆病な男だとは知らずに結婚したのではないか。

「そりゃあ」勝呂の心を何も気づかぬのか、それとも気づかぬふりをわざとしているのか、妻は手を動かしながら言った。「欲を言えばきりがないわ。でもあたし、結局、何も起らない、ということが一番、幸福なんじゃないかと近頃思っているの」

雪が降っていた。凍雪の上にまた雪が降る。雪の上に風に送られた黒い煙が流れていく。手首と五本の指が機械のように動きつづける。絃《げん》の端から端をたえ間なく這いまわる。指はヴァイオリンの絃を押さえているのではなく、爪先で鋭い音を強く空間にむけてはじき出しているのだ。それも繰りかえし三時間、たった一つの旋律だけを繰りかえしている。腭《あご》だけでヴァイオリンを支え、歯で下唇を強く嚙みしめている。その母のきびしい顔を子供は怖ろしそうに窺っていた。

「なにかくれない」と彼は言った。「なにか果物ない?」

本当は果物などが欲しいのではなかった。ただ彼は、眼前の母の心をこちらに向けたかったのである。自分に話しかけてもらいたかったのである。

「なにか、くれない。ねえ……」

しかし彼女には子供の声は全く聞こえないようにヴァイオリンの弓を動かしていた。彼女の心は五本の指にだけ集中していたから、求めているたった一つの音を指が探りあてるまでは子供の声など耳に入らなかった。

「果物がないかって、聞いているんだけど……」

子供は母をゆさぶった。ヴァイオリンを弾いている間は決して話しかけたり、騒いだりしてはいけないと平生からきつく言われたのに、彼はその言いつけを忘れるほど不安にかられた。

「何するの」

母は怖ろしい顔で勝呂を睨みつけ叱りつけた。弓で廊下をさし、あっちに立っていなさいと言った。腭の下が真赤に色が変っている。ヴァイオリンを三時間もはさみつづけたために、皮膚が充血したのだ。

「言いつけを聞けないなら、雪の中に立ってらっしゃい」

子供は眼に泪をためたまま、すごすごと後ずさりをする。これが勝呂の幼年時代の母の思い出の一つだ。

「とてもできないわ。あたしには」

その話を妻にきかせた時、妻はふうっと溜息をついた。

「なんだか、こわくなかった。あなた」

「そんな時はお袋はこわかった」と勝呂はうなずいた。「それにお袋の右腕は左腕にくらべると太くてね、五本の指先はヴァイオリンの絃で潰されて固い灰色の皮のようになっていたのを今でもはっきりと憶えている」

「いえ、いえ、そんなことじゃないの。子供がお腹がすいているのに、叱りつけることができるなんて、あたしにはできないわ、とても」

勝呂は妻が母のことを非難しているのだと思って、顔を強張らせた。自分以外の者が母を批判するのは許せない。お前などにお袋のことなど理解できてたまるか。と彼はうつむいて心の中で呟いた。お前は俺が小説を書こうとした時でも、大きな足音をたてて周りを歩きまわった。いくら言いきかせてもつまらない近所の噂などを急に話しかけてきた。その足音、その声が、小説を考えている俺の力をどんなに傷つけ、乱したか今でも少しもわかっちゃいない。そんなお前に、あの時のあの人の怒りがわかってたまるものか。

「あなたは亡くなったお母さまを立派に考えすぎるわ」それから妻はあわててつけ加えた。「もっともそりゃ男の場合、当り前でしょうけど」

妻の批判を勝呂は渋々、みとめざるをえない。むかし幾度、彼は父と母のことを小説に書こうとしただろう。だが原稿用紙に筆を走らせながら、勝呂は父にたいしては意地悪な、母にたいしては甘い自分の眼からどうしても抜けきれぬのを感じて、書き続けるのを諦めた。母の場合、おそらく他人から見れば耐えがたい欠点とうつるものさえ、勝呂の心では美化されている。批評家がよくいう「突っぱねて書く」ことはどうしてもできない。

だが三十年前、子供だった彼の前で、三時間も四時間も一つの音を探り求めようとしていた母の姿や、まるで機械のように絃の上を休むことなく動きつづけていたその手や、皮のように潰れた指先を幾十回となく思い出すにつれて、それは勝呂にとってたんに懐しさ以上のものになってしまった。眉を不満そうにしかめ、飽くことなく一つの旋律を追い求めていた母。音の旋律ではなく、それ以上の旋律を自分の爪ではじき出そうとしていた母。


「渋谷まで買物に来たから、一寸、寄ったんだがね」

父は買物包みをかかえながら庭から入って来た。縁側に腰をかけて、長年、使っているパナマ帽子を丁寧に背広の袖口でふいた。汗をかいた彼の額に帽子の痕が赤く残っている。

「どうしたね。稔は」

「この頃、クレヨンで絵を描くことを憶えたんですよ。今も、あっちで夢中ですわ」

「呼んでおいで」

稔を膝の上にのせた父は、片手で包装紙の紐を解きながら、

「生クリームだが、今日、作ったものだから大丈夫だろう。そうかそうか。稔は絵を描けるようになったか。稔、おじいちゃんの顔をいつか描いて頂戴」

妻は、父の機嫌をとるためか、子供がクレヨンでなぐり書きをした画用紙を二、三枚もってきて、

「これなんですよ」

「ほう」

上衣の内ポケットから眼鏡サックをとり出して老眼鏡をかける。その仕草がいかにも老人臭く、

「うまいじゃないか。五才にしては」

「そうでしょうか」

嬉しそうに笑う妻の顔が勝呂をいらいらさせる。

「この子には芸術的な才能があるかもしれんぞ。あるならばうんと伸してやるのがお前たちの義務だな」

勝呂は膝の上で手をそっと握りしめた。十数年前の思い出が胸を不意に突きあげてくる。彼はあの「仏教訓話」などを書棚に並べてある書斎で父と向きあっていた。

「なあ、小説など書こうと思うなよ。ああ言うものは趣味としてやるのはいいが、職業などにしちゃあいかんぞ」

いつもの癖で父の説教は、始めは相手を諄々と諭すような調子で始まる。相手が黙っている限り父は自分の声にいつまでも酔っている。膝の上に手をおきながら勝呂は眼を伏せて黙って聞いていた。

「ああいう職業は危険が多い。第一、食えんようになったらどうするんだ。大体、芸術などというもんは、まともな人間なら手をつけぬもんだ」

まともな人間という言葉を、父が母のことを思いだして使ったのかどうかわからなかった。だがその父の言葉は、母への侮辱のように勝呂に思えた。

「お前はまだ世間を知らんから、そう言うことを考えるんだろう。小説や絵など、そういう世界に入る奴は結局、みじめったらしく死んでいくもんだ。平凡が一番いい、平凡が一番幸福だ」

なるほど、母はみじめったらしく死んでいった。おそらく父の眼から見れば、父をみとめる社会の眼からみれば、みじめったらしい晩年だった。それを暗に、父は指しているにちがいなかった。

「お前はわしと同じように教師になるのが一番いいんじゃないかな」

「でも、ぼくは、自分で自分の職業を選ぶ権利があると思う」

「馬鹿言うな。親に食べさせてもらい、学資をもらっている以上、そういう我儘なことは許さんぞ。もし、お前が自分で小説家になりたいなら、明日からでも自分でかせいで食ってみるがいい」

　それらの言葉一つ一つをそれから十数年間、勝呂は決して忘れていない。普通の子供ならばやがては記憶の底に埋もれてしまう、そんな単純な叱責を今日も恨みに思っているのは、それがたんに息子にたいする説諭ではなく、母にたいする軽蔑が暗にふくまれているような気がしたからだ。「小説や絵など、そういう世界に入る奴は結局、みじめったらしく死んでいくもんだ」

　そう、母は彼女の住んでいる貧しいアパートで誰からも看《みと》られず死んでいった。知らせを聞いて勝呂が駆けつけた時は、母の死体のそばには電話をかけてくれた管理人のおばさんが一人、おろおろとして坐っているだけだった。血の気もなく紙より青白くなったその死顔の眉と眉との間に、苦しそうな暗い影が残っていた。

「この子が絵かきになりたいと言ったら、そうさせますが」

　勝呂は、顔だけは庭先の八つ手のほうにむけて皮肉に唇をゆがめた。

「そう、それがいい。この頃は絵かきなんかと言っても商業デザインなどで随分、儲かるそうだからな。お前みたいな翻訳業よりずっとかせぐらしいぞ」

　なにを調子のいいことを言ってやがる、と勝呂は心のなかで舌打ちをしていたが、妻は、

「この人のお友だちにも、その方の仕事をしてらっしゃる方なんか、別荘まで買って

るんですよ」

「ほう、別荘をねえ」

庭の八つ手の根元に、小さな紙きれや糸屑がきたなく散らばっていた。掃除の時、部屋の埃を庭に掃きだすのではないとあれほど言っているのに、妻は今日も面倒臭くて怠けたにちがいない。母が死んだ部屋にもゴムの木の植木鉢が一つあった。ゴムの葉が黄色く枯れ、その根元にもゴミ屑や糸が落ちていた。


学生時代、あの写真帳が放りこんであった納戸のなかから偶然ポケット版の万葉集を見つけた。日本古典全集の一冊で、今でも神田の古本屋の隅にどうかすると転がっていることが時々ある。めくると湿気とカビとの交った臭いが漂ってきた。だが表紙の裏側にすっかり色のあせたインクで書かれた父の名と母の名を勝呂は発見した。それが若い頃の父の筆跡だと気づくまで数秒かかったが、気づいた時、思わず皮肉なうす笑いが頰にゆっくりうかんだ。二人の名前の左に、万葉集のなかの相聞《そうもん》が一つ書かれていたからである。高校生でも知っている相聞の一つだったから、始めは父がなぜこんなものを書いたのかと思ったが、やがてうすら笑いが彼の頰にうかんだ。長い間、勝呂はそのうす笑いを頰にうかべたまま、じっと二行の文字を見つめていた。笑いを浮かべたのは、父がこのような相聞の歌を母に書きおくったという滑稽な事実のためではなかった。「若い頃は世間を知らんから馬鹿なことを考える」、機嫌のいい時、父はよくそう言い、満足そうに自分でうなずいてみせる。その馬鹿なことを父もまた若い時にやってみせたにすぎぬ。

勝呂がうす笑いを浮かべたのは、その色あせたインク文字に、東北から出てきた田舎大学生の劣等感が感じられたからだった。万葉集などをわざわざ買って、婚約者に贈る。しかもその表紙の裏に中学生でも知っている相聞の歌を書きつける。その気障な泥くさいやり方が、当時の父のイメージを彼に想像させたのである。

だが、母は……

だが母はなぜ、父と婚約などしたのだろう。自分の夫になる男が本質的にはこんな相聞とはほど遠い人間だと一度も見抜かなかったのだろうか。

そのことを後になって考えるたびに彼は、一種不安に似た気持を感ずる。自分は娘時代の母を妻のいうように「美化している」のではないだろうか。娘時代の母はありきたりの女と同様に、こうした月並な本やその表紙の裏に書かれている歌などに酔ったのではないか。そう思うと彼はその後の母にたいする自分のイメージに何か翳がさすような気がして、首をふるのである。

稔と一緒に父は自分の買ってきた洋菓子をつまんでいる。その額にはまだ帽子の痕が樹木の年輪のように残っている。樹木に年輪がつみ重なるように、父にも万葉集を母に送った時代があったのだが、その時代はその後の数多い年輪の中に、すっかり埋没してしまった。父自身でさえ、そのことを思いだすことはないだろう。ああいう行為をした頃と今とが、どちらの自分の姿かを比較することさえあるまい。その彼が今、孫を膝の上にだいて倖せであり、母は孫さえ見ることができずにアパートの一室で死んでいったことに勝呂はたまらない怒りをおぼえる。そしてまるで父が幸福であることを拒んでいるような自分に気づき、ハッとする。

凍雪の上にまた雪が降る。雪の上に風に送られた煙突の黒い煙が流れていく。大連《だいれん》では十一月になると、どの家もストーブかペチカに火をつけるのである。ペチカの煤煙が、雪を灰色によごしていく。勝呂は窓に顔を押しあてて、風を眺めていた。むこうの家の煉瓦づくりの煙突からも煙がでている。空は古綿をつめたように低かった。今日もヴァイオリンの音は彼が学校から戻ってきた時から、応接間でなりつづけている。いつものように——飽きることなく、一つの旋律だけを繰りかえし、繰りかえし、繰りかえしつづけている。途中でそれが突然、鋭くやむことがある。あれは、母が自分の弾き方が気に入らなかった時だ。その時の彼女の怒ったようないらいらとした表情が子供の勝呂にも眼に見えるようだ。

　練習中は絶対に応接間に行くことは禁じられていたから、学校から帰って彼は母にまだ会っていなかった。他の子供なら淋しいと思うこんな仕打ちも勝呂には毎日のことだから、もう馴れきっている。満人の女中に蜜柑をもらい（母は菓子を食べさせることを禁じていた）それをむきながら、窓から応接間のほうをそっと覗こうとしたが、母の姿は見えず、ただヴァイオリンの音だけが聞えてくる。

　隣家の犬が、その雪の中をひょろひょろと走っていく。背中が既に真白になっている。口笛を吹いたが、犬は見むきもしない。彼は幾度か母に犬を飼ってもらいたいと頼んだが、まだその希望は聞き入れてもらえなかった。

　庭に跫音《あしおと》がした。外套の肩も、中折れ帽も白く雪にそまった父だった。ヴァイオリンの音のする応接間の前までくると彼はたちどまったまま、しばらくじっと音のする方向を見つめていたが、そのまま背をまげて裏口にむかった。

「奥さん、よぶか」

「いや、いい。練習中なんだから……」

　台所で満人の女中と父との会話が聞えてきた。廊下に入ってきた父は、ポケットに手を入れて、窓に顔を押しあてている勝呂にむかって、おや、と小さな声で言った。父はそれから不器用な手つきで洋服をきかえ、きかえた洋服をタンスに入れていた。

「何をしていたんだね」

「なんにも」と勝呂は首をふった。

「学校から帰るとすぐ宿題をしなくちゃ、いけないぞ」

「今日は宿題、出なかったんだもの」

「お母さんに会ったか」

「まだ。だって練習中は応接間に入ったら、いけないんでしょう」

父は黙って、勝呂の顔を見おろしていた。それから小さな声でたずねた。

「淋しくないか。お前」

「どうして」

勝呂はなぜ父が急にそんな質問をしたのかわからない。彼にはそれらの毎日が当り前のことのように思われたからである。父も、帯の中に両手を入れたまま、彼と肩を並べながら、凍《し》み雪の上に降り続ける雪をぼんやりと見つめていた。

その年、母の演奏会が青年会館で開かれた。知りあいや、見知らぬ人たちが沢山来ていて、その中に白髪の外人が一人交っていた。母の先生であるロシヤ人のモギレフスキーだった。みなの邪魔をしないようにと、女中につれられて会場の片隅に坐らされて、腕の出た洋服を着て母が幾つかの曲を演奏したことなどが、雑然と今の彼の頭に残っている。

演奏の途中、便所に行きたくて、そっと席を滑り出た。人影のない廊下に出ると、ガランとした椅子に父が一人、壁に向きあったまま腰かけていた。その時の父のうしろ姿には、だれからも相手にされない、寂しそうな翳があった。のめぬ煙草の火口を見つめながら、父は拍手の音が内側から洩れきこえてくるのに、いつまでもそこを動かなかった。

翌年は、最初の大きな病気の思い出とつながっている。夏休みになる頃で、彼は学校でも体がだるくて仕方がなかった。午後の体操のあとから咽喉《のど》に何かが絡んだような気がした。医務室にいき、熱を計ってもらうと八度以上あった。医者が来て、口をあけさせ、咽喉を見、色々な質問をすると勝呂は女教師につれられてM病院という一番大きな病院に連れていかれた。

熱は毎日つづき、赤くうるんだ眼をあけると、病室の壁に無数の虫が動いているように見え、その虫のなかに、こちらをじっと覗きこんでいる母の蒼い顔がぼんやり浮かびあがった。ヴァイオリンの絃で固くなった指が、額の氷嚢《ひょうのう》をなおし、口の中にスープを入れてくれる。夜中に眼をさますと、母はやはり横にいた。そんなことも今日までの勝呂の生活にほとんどないことだった。

「夏休みがすぐだから、学校をそんなに休まないで、よかったね」と母は言った。

「新学期がくればまた登校できるわよ」

そんなに長く入院をしていなければならぬのかと尋ねると、母は困ったような表情でうなずいた。だが、真実、勝呂は早く治るよりはこのまま入院が長びくことを心で願っていた。病気のおかげで、自分が母を独占できたことを子供心にも知っていたからである。ヴァイオリンから母を奪うためには、彼が治らぬことが必要だった。窓には幾つかの植木鉢が並べられ、そのなかには母の好きなゴムの樹もあった。だがある日、熱のひいた彼がうたた寝からふと眼を開けると、椅子に腰かけた母が、こちらに気がつかず、膝の上に肱《ひじ》をつくようにして、左手の指をしきりに動かしていた。彼女が今、何をしているのかがわかった時、勝呂の心には寂しさと怒りに似た気持とが同時にこみあげてきた。彼は汗でぬれた寝巻を変えてくれと母に怒鳴り、着変えさせてもらったあともこの寝巻は気に入らぬと言いつづけた。母は最後には怒り部屋を出ていった。

父の姉夫婦が奉天から大連に移ってきたのはこの入院中である。勝呂が二十数年たった今でも憶えていることは、病院で、伯母と母との間で行われた言い争いである。はじめはいかにも親しげに話しあっていた二人が、突然、口論をはじめた理由は子供の勝呂にはよく摑めなかったが、伯母は金歯のいっぱいはいった口をとがらせながら、

「ヴァイオリンもいいけど、女はまず家をまとめるのが仕事だと思うけどね」

この嫌味に母がどう答えたかは憶えておらぬ。記憶にあるのは、膝の上でハンカチを握りしめている彼女の手が震えていたことである。

「この子が病気になったのも」伯母はたたみかけるように「あんたが音楽ばかりにかまけて見てやらなかった為じゃないのかい」

この言葉を父が伯母に言わせたのか、それともそれは伯母自身の前からの考えだったのかどうかはわからない。母がこの言葉にはじめて、自分を他人がどう見ているかに気づいたのか、わからない。とに角、その真夜中、勝呂は額にあの指を感じて眼をさました。母は泣いていた。しかし彼はなにも気づかぬふりをして寝床のなかで躰を硬くしていた。

退院したあとも、母はヴァイオリンを弾かなくなった。母は普通の母親と同じように、学校から戻る勝呂にはホットケーキをよく作ってくれた。ホットケーキにはドリコノを沢山かけてあった。


三ヶ月前に翻訳した推理小説が、考えていたよりもずっと売れだした。売れたと言っても、もちろんベスト・セラーなどに到底入るほどではないが、一、二の週刊誌が書評にとりあげてくれると、売行きが早くなりはじめた。彼の翻訳料は買とり制だったから版を重ねても支払額は一定していたが、出版社では気をきかせて二万円ほど別に送金してくれた。

妻と子供をつれて街に出た。祭の日で街は人ごみで溢れていた。警官が沢山辻々に立って、歌を合唱しながら歩いてくるデモの行列を整理している。

デパートの屋上で子供を遊ばせた。回転する大きなコップに親子三人で乗った。ゆっくりとのぼっていく飛行機にも乗った。飛行機の中からは灰色の東京の街がどこまでも見渡せた。

妻のために帯と、自分のために外国製の万年筆を買うと、もらった二万円はすぐなくなってしまった。惜しいわ、帯なんかいらなかったのにと、妻は半ば嬉しそうな、半ば残念そうな顔でしきりに呟いたが、勝呂は、ケチケチするなよ、前から欲しがっていたんだろと答えた。

食堂で子供にはホットケーキを、妻にはアイスクリームをとってやり、自分は麦酒を飲みながら窓の下を見おろすと、もうデモの行列は終って、その代り沢山の家族づれが歩いているのが見えた。幸福感に似た感情がゆっくりと胸に湧いてくる。

「親子三人で」と妻はクリームをなめながら「こんな贅沢したなんて始めてね」

「たまにはいいさ。これからも、時々、やろうよ」

答えながら彼は心の中で、こういう生活がなぜ悪いんだと急に考えた。なぜ今更、小説を書く必要があるんだ。俺はこうして結構やっているじゃないか。なぜこの結構な毎日を自分で恥ずかしがる必要があるんだと思った。その時、まるで残酷な悪戯のように勝呂の頭にあの母の死顔が浮かんできた。

長い間、もう母はヴァイオリンを弾かなかった。茶褐色の楽器は弱音器や弓と一緒にケースの中に入れられて応接間の隅にいつも転がっていた。母のいない留守、勝呂はおそるおそるそのケースをそっと開いて見ることがあったが、絃をはずされたヴァイオリンはひどくわびしくみえ、弓の先に老婆の白髪のような線がついていた。昔とちがって母は満人の女中を指図して食事を作ったり、庭に花を植えたり、彼の勉強を手伝ってくれる。あの頃、勝呂には母の寂しさを感ずるよりは自分の手に戻った彼女との生活がただむしょうに嬉しかったのを憶えている。

父も満足そうだった。日曜日、彼は花壇の前にしゃがんで何時間も草をぬいたり、チュウリップの苗を植えていた。外では満人の物売りが籠にどっさり入れた海老を片言の日本語を使いながら売りにくる。庭のアカシヤに真白い花が咲き、勝呂はその花房を母からもらった香水瓶の中に入れて遊んだ。本屋では内地より一週間ほど遅れて少年倶楽部が届く。学校から戻ると彼はそれを見ながら日が暮れるまで「冒険ダン吉」や「日の丸旗之助」の漫画を書く。

「平凡が一番いい」その頃から父は何処の本で読んだのか、しきりにその言葉を繰りかえした。「家族の誰も病気せず、何の風波もないのが倖せというものだ。平凡を笑う者は平凡に仕返しされる。人間、高望みをしてはいけない」

その言葉を、母を諭す意味で父がどこかの本から探してきたのかどうかはわからない。その言葉を言われて母がどのような表情をしたかも憶えていない。

もちろん、父と母との間に小さな諍《いさか》いがなかったわけではない。たとえば、月の終りになると父はソロバンを片手に、母のつけた家計簿の頁をめくりながらしきりに珠をはじく。それから小声の、しかし、ぐずぐずした説教が始まる。母は黙ってそれを聞いている。説教がすむと、心配そうに二人を見つめている勝呂に母は哀しそうな微笑をかける。そういう、小さな諍いを除いては、二人は世間並みの夫婦の落《おち》ついた生活を営んでいるように子供の眼にも見えた。

大陸性の大連は夏と冬とが一番長い。大連の夏のことを考える時、勝呂はきまって強い直射日光にさらされた大広場や西公苑を思いだす。葉の萎えたアカシヤの下で上半身裸の苦力《クーリー》たちが死んだように地面にころがり眠っている真昼、街にはほとんど人影もなく、辻々には客のいない馬車《マーチョ》の馬だけが蠅を尾で追いながらしきりに毛のぬけた足を動かしている。そんなある日、母は日傘をさしたまま勝呂をつれて黙って歩いていた。黙ったまま、どこまでも歩いた。勝呂が時々、話しかけても、哀しそうにうなずくだけで返事をしなかった。どこへ行くのと、訊ねても首をふるだけだった。やっとミルク・ホールで彼にアイスクリームをたべさせながら、自分はさじを取りあげようともせず、何かを考えこんでいた。

「どうしたの」勝呂はクリームを食べるのをやめて母の顔を見あげた。「元気ないよ。病気なの」

心配しなくていい、と母は首をふり哀しそうに微笑した。帰りがけ、彼女は浮袋を買い、次の日曜日もし晴れていたら海水浴に連れていくと約束した。

こういうような生活が一年つづいた。誰も母がヴァイオリンを弾かなくなったことを不思議には思わない。彼女が普通の主婦と同様にこまごまとした家事に没頭したり、勝呂の宿題を手伝っているのを見ても、変ったと言う者もいなくなった。父がそのころ勧めていた満鉄の社員たちが来れば、母は、夜遅くても、満人の女中を手伝わせて、酒を幾度も運んだ。客が酔って大声で軍歌を歌う時、母はあの哀しそうな微笑でじっとその姿をみつめていた。

母の音楽学校時代の友人であるSさんが大連にやってきたのはその年の冬だったろうか。その女性は既にヴァイオリンの奏者として、日本でも有名な人だったから、母がかつて演奏会をひらいた青年会館は満員だった。内地の匂いに飢えている満鉄の若い社員たちがつめかけたからである。演奏会が終ったあと、そのSさんは勝呂の家に来て泊った。勝呂は母とその女性との間に寝かされたから、闇のなかで二人のとり交す会話をじっと聞いていた。

「あなたがねえ……、こうなるとは思わなかったわ」とSさんは、うつ伏せになり煙草に火をつけながら言った。「もう弾かないの」

「駄目よ。指がなまっちゃって」

「倖せなの」

充分、満足していると母は、はっきりと答えた。闇にうごく煙草の赤い火口をみつめながら、勝呂は嬉しい気持でその返事を聞いていた。今、考えれば、あの母の返事は音楽学校時代の友人への対抗心から出たのだろうが、まだ小学校五年生だった彼には裏にある感情まで到底、みぬくことはできなかったのである。

その翌年の夏、小さな出来事があった。出来事といっても見のがしてしまえば何でもないのだろうが、あの頃の母の心にやはり一つの衝撃を与えたように勝呂には考えられるのである。父の一番下の弟が夏休みを利用して大連にやってきたのだ。彼はまだ大学生だったが左翼運動に加わっており、祖父からの手紙によると警察から尾行されたことがたびたびあるらしかった。

「栄三が来たら、意見してやらねばならんな」祖父の手紙を巻きながら父は苦い顔をして母に言っていた。「悪い思想にかぶれおって……学業を放ったらかしておるらしい」

　父には人生の何事もはっきり割り切れた。悪い考えといい考え、やっていいこと、とやってはならぬことは父には明確だった。彼にとって一足す一はいつも二であり、決して三にも四にもならなかった。この人生の内側では一足す一が必ずしも二とはきまっていないと言うことを決して考えもしなかったろう。処世訓じみたそんな父の言葉をその頃の母は諦めたような表情を頬にちらっと浮かべながら黙って聞いていた。

　父の弟は八月の上旬に大連にやってきた。勝呂は父母につれられて港まで迎えにいった。学生服を着た叔父は片手に古ぼけたトランクをぶらさげながら、白い歯を見せて桟橋をおりてきた。彼は、大声で兄さんと叫びながら手をふった。

　港から家にむかう馬車《マーチョ》の中で叔父は珍らしそうに右、左をみつめ、父に色々質問をしたが、父は腕をくんだまま不機嫌な表情をし、母がとりなすように答えた。

　この叔父が滞在した三週間は勝呂にとってあまり楽しくはなかった。父が満鉄に出勤している間、叔父は勝呂の勉強を監督し、算術や読み方が出来ないと、こわい顔をして鉛筆の先で彼の額を突っついた。にもかかわらず、勝呂はこの叔父が嫌いではなかった。勉強がすむと彼は白い歯をみせながらランニングシャツ一枚のまま、キャッチボールの相手をしてくれたからである。

憂鬱なのは、夜になると応接間で父と叔父との口論が始まることだった。それは遅くまで続き、叔父が怒鳴る声が、布団の中の勝呂の眼をしばしば覚まさせた。

「全く迷惑な話だ」父は応接間から腕組みをしたまま出てきて、勝呂の横で本を読んでいる母に言った。

「ああいう悪い考えの持主を弟にもったことを満鉄の連中に知られてみなさい。こっちまで変な眼でみられる」

「あなたはいつも」と母は笑いを頰にうかべて言った。「自分のことだけが心配なのね」

父が叔父を軽蔑し改心させようとすればするほど、母はこの義弟に好意を持ったようにに勝呂には今では想像できる。父の前ではほとんど無口な母が、この義弟には本当の姉のように微笑み、たのしそうに話しているのを勝呂はたびたび見たからだ。あれは父にたいする母のひそかな仕返しだったのかもしれない。

叔父が本土に帰る時、また勝呂たちは港まで見送りにいった。雨が降っている日で、日本に向う黒い貨客船が汚水を海にたらし、大きなセメント袋をかついだ苦力《クーリー》たちが見送人のそばを列を作りながら通りすぎた。「姉さん。もう会えないかもしれないけど」と叔父は船に乗る直前、急に母に言った。「ぼくは自分の信念で生きます」それから勝呂の頭を力強く押さえると、古ぼけたトランクを右手にタラップを登っていった。灰色の鷗が水平線すれすれに鋭い声をあげて飛びかい、大連湾の海は少し荒れていた。母は傘をさしたまま、じっと小さくなっていく船を見送っていた。

その年の冬、叔父は警察の尾行をまいて、行方を消してしまった。爾来、彼は二度とあらわれなかった。どこかに行ったのか、本当は警察の手で殺されたのか、今日にいたるまでわからない。勝呂はこの叔父のことを考えるたびに、白い歯をみせた彼の笑顔を思いだす。それと共に、水平線に消えていく船をじっと見つめていた母の姿も心に甦らせる。あの時、傘を手にもったまま母はなにを見つめていたろうか。海か。海に出ていく船か。若いなりに自分の生き方に殉じようとしていた叔父の行方か。

勝呂は喫茶店で達さんを待っていた。いつか、母の故郷のT町で世話になった遠縁の町医者である。達さんは娘が東京に嫁いでいるので時々、上京するとあの時、言っていた。だから今度、上京されたら会いましょうと約束していたのだ。

達さんは汗をふきふき喫茶店に入ってきた。皺のよったズボンのポケットから懐中時計をとり出し、しきりに時間を気にしている。

「九時十分の急行で帰ろうと思うてな」

「じゃあ、あと二時間あるじゃないですか。東京駅までぼくが送らせてもらいます。晩御飯はたべられたのですか」

「ああ、すませました」

達さんは面倒臭さそうに手をふった。ボックスに腰かけた時からこの老人が自分とはあまり話したくないらしいのが感じられ、勝呂はしばらく黙ったまま煙草をふかしていた。しかし、母の親類がほかに残っていない以上、彼から話を聞くより仕方がないのである。

「わしの口から、こんなことを言うのも何やけど、節さんは……」と達さんは苦い顔をしながら「ええ細君にはなれん人だったと思うがね」

皮膚にナイフの刃がかすめたように、勝呂の心にうすい血がにじんだ。自分以外の人間から母が批判されたり、侮辱されたりすることは彼には耐えられないのである。顔の強張るのを我慢しながらやっと勝呂は弱々しい微笑をつくった。

「めんどりが刻《とき》を告げてはいけませんわな。女が家事や裁縫以外のことを考えると碌《ろく》なことはないね」

達さんは最後の言葉を口中から苦い薬でも吐きだすように言った。

東京駅まで送るという勝呂の申し出を老人は断わり、空車のサイン燈をつけたタクシーを呼びとめて一人でそれに乗った。その乗り方をみると老人が勝呂と今後、交際したくないらしいのがよくわかった。

家に戻っても、達さんに会ったあとの不快な気持はまだ胸に残っていた。いらいらとした気分で洋服を着かえると、妻が急に、

「ねえ、お願いがあるの」

「なんだ」

「週に二度ほど――一日、二時間ぐらい、刺繡を習いにいったらいけないかしら。今日誘われたんだけど」

主婦グループが勝呂の近所でもできて、何かゴソゴソやっていることは妻の口から時々、聞いていた。そのグループの一人から今度、先生を呼んで刺繡を習う会をやるから参加しないかと言われたという。

「週に二度もか。その間、稔の面倒はどうするの」

勝呂は顔をしかめ、煙草をふかしていた。妻は返事をしない夫の横顔を見て、大きな溜息をついた。

また大連に秋がきた。長い陰鬱な冬が訪れた。凍雪の上に新しい雪がふる毎日が続き、ペチカの煙が雪を黒く汚した。

学校である日、突然、教師が彼を廊下によんで、

「家からね、知らせがあってね。母さんが入院されたそうだよ。すぐ帰宅しなさい」

鞄を背中に背負い、固い雪のつもった校庭に一人出た。校舎の窓から授業をやっている生徒の声が伝わってくる。空は今日も曇ってはいたが、彼は母が入院したという不安よりも早退けできたという悦びを感じながら、ポプラの木の並んだ校門をくぐった。

母が入院したのは、かつて彼が病気になった時、世話になった病院である。けれども顔みしりのやさしかった看護婦たちは勝呂をみると暗い表情で病室の方向を指さしてくれただけだった。母が重態なのではないかという不安が急に胸にこみあげてきた。

戸に面会謝絶と書いた紙がはりつけてある病室をそっとあけると、伯母と父がベッドの枕元にたって、医者が母の眼のあたりにしきりに懐中電燈の光を当てていた。

「なんの病気、なんの病気なの」

勝呂は父にきいたが、父は腕組みをしたまま黙りこみ、かわって伯母が、わざとらしい陽気な声で、

「なあにお腹を悪くしただけよ。すぐ治るからね」

勝呂は伯母の背後から、こわごわ母の寝顔をみつめた。大きな鼾《いびき》をかきながら母は眠っていた。口からゴム管が涎《よだれ》と一緒にはみ出ていた。医者は父と伯母とに何かを説明したが、勝呂のわかったのは、胃の中のものは全て出たということだけだった。

「馬鹿が」医者が病室を出ていくと父は腕組みをしたまま呟いた。「馬鹿が」

「あんたも、災難と思うて……ここの所は我慢しなさいよ」と伯母は父に繰りかえしていた。その言葉で勝呂はおぼろげながら母がなぜ入院したか、わかったような気がした。彼は椅子に腰かけたまま、足を小刻みに震わした。

五日後、母は退院した。それから毎夜、毎夜、応接間に灯がともった。半年前、叔父と父とが口論を続けていたあの応接間である。時々、父のきつい声や母の泣声がきこえる。（少年時代を思いだす時、勝呂はこのあたりが暗い色彩でべったりと塗られているような感じがしてならない。その父や母の声をきかぬために、耳に指を入れて布団のなかでじっとしていた自分の姿も痛いほど甦ってくる）

学校から家に戻るのが本当に嫌だった。ぼんやりと何かを考えこんでいる母の姿をみるのが嫌だった。勝呂は鞄を背中で鳴らしながら、家とは反対の方向に歩いた。ロシヤパンを売るロシヤ人の老人が、凍雪を長靴でふみながらついてきた。その老人はパンだけではなく、メダイや讃美歌の本なども売りつける、目やにの溜った老人だった。坊ちゃんどこへ行くのかと老人はうしろから時々、勝呂にたずねるのである。

烈しい雨が降った。勝呂の家の屋根から滝のように流れ落ちるその雨は庭の八つ手にあたって、小石を叩きつけるような烈しい音を何時間もたてた。午前中いっぱい豪雨は降り続いた。

午後になってようやく陽がさしはじめた。濡れた樹木や隣家の屋根がまぶしく輝き、空がみるみる青く拡がり、まるで全てのものが生きかえったように息づきはじめた。縁側にたった勝呂は急に悔恨とも自責ともつかぬ感情が胸をつきあげてくるのを感じた。突然なぜ、そんな感情に捉われたのかわからないが頭のどこかでお前の生き方は嘘だという声が聞えてくるようだった。

「なあ」と彼はしばらくして妻に言った。「もう一度、生活をやりなおさないか」

言い終って彼は自分のこの言葉が、雨あがりの生命力あふれた、生きかえったような風景から出た一時の興奮ではないのかと思った。

「なにをやりなおすの」

「なにかわからないが、こういう生活は自分を偽っているような気がする」

「なに言ってんのよ。いやねえ。折角、どうにか、明日のことが心配でなくなったと言うのに」

妻は馬鹿にしたように彼をふりかえった。

「子供みたい。あなたの言うこと」

彼はさっきの興奮が萎え、しぼんでいくのを感じ、あああと溜息をついて、畳の上に仰向けに寝ころがった。それから、頭をふりながら、

「散歩にいってくるよ。稔、散歩にいこう」


父が彼を散歩に誘いだすなど、たえてなかった。だからよごれたオーバーのポケットに両手を入れたまま勝呂は不安そうに父のあとをゆっくりと歩いていた。黒くよごれた残雪が道の両側にかき集められ、その真中だけがみんなの靴でかたく固められている。

「ジャングル・ブックがほしいと言っていたな」父はうしろをふりむいて急に訊ねた。

「母さん、まだ買ってくれないか」

「うん」

「じゃあ、今から、買ってやろう」

固くふみしめられた雪を長靴の先で穿《ほ》じくりながら勝呂は黙って首をふった。

「どうしたんだ。いらないのかね」

「友だちに借りて、もう読んだから……」

　しかしそれは嘘だった。なにか知らないが、本を買ってやるという父のやさしさに巻きこまれるのが嫌だったのである。

　父は白けた表情でそんな息子をじっと見ていたが、

「あのね、よく聞きなさい」急に硬い声で、「お前も気づいているかも知れないが」

　勝呂の長靴の下で、雪の小さなかたまりが砕けた。

「父さんは母さんとうまくいかないんだよ。だから別々に住もうと言うことになったんだ」

　砕けた雪を勝呂は、歯をくいしばったまま、長靴で更に粉々にする。涙は眼ぶたから溢れそうだったが、泣いてはいけない、泣いてはいけないと自分に言いつづける。

「だからお前は、父さんと一緒に住むか、母さんと一緒に住むか、どうするかね。いいかね、母さんはこれから一人で働かなくちゃならない。お前を食べさせたり学校にいかせるのは大変だ。母さんはどうしても、お前をつれていくと言っているが、それじゃ、お前は」父はそこで言葉を切った。「たとえば上の学校にもいけなくなる。上の学校にいかなければ、人間は社会に出ても、出世さえできない。だからねえ、父さんとお前は住んだほうがいいと思うがな……。もちろん、お前が母さんと会うのは自由だよ」

そのあとの言葉を勝呂はもう聞いていなかった。人影のない灰色の雪道の真中にたって、父はくどくどと勝呂にしゃべりつづける。混乱した頭で、勝呂は父の動く口をぼんやりと見つめる。

「どうした」

「いやだ。もうぼく、こんなのいやだ」

それだけが、彼の父にたいする精一杯の抗議だった。父は卑怯だと子供心にも彼は考えた。言葉ではその理由ははっきり言えなかったが、父は卑怯だった。

「ぼくは上の学校なんか行きたくない」

「馬鹿を言いなさい。男は学歴がないと」

あれから二十数年、少年時代のその場面が心のなかに幾度、甦ったことだろう。そのたび、勝呂の眼から我にもなく泪があふれる。あの黄昏、歯をくいしばってこらえた泪が、大人になってからの彼の頰を幾度となくその思い出ゆえに伝わった。彼は父が上の学校などという表面的な理由を楯にとって彼を自分の手もとにおいたことだけで泣いたのではない。あの時、たとえ学校などに行けなくても、母についていくべきだったのに、その母を見捨てた自分の弱さ、卑怯さが苦しいのである。

その夜、伯父と伯母が彼の家に来て勝呂を前に座らせた。

「なあ、お前、母さんには好きな時会える。お前はこの家のあとつぎだから、この家に住まなきゃあ、いかんな」

そう迫られた時、彼は黙っていた。黙っていることを、伯父と伯母は承諾の意味ときめてしまった。

「子供のお前はなにも考えんでいい」と伯母は言った。「伯母さんたちに委せなさい」


なぜ、あの時、自分は母と一緒に住むと勇気をもって言えなかったのか。自分の将来にたいする打算があったのか。それもある。母と一緒に今後、どのような生活をするのかわからぬという不安がそこに働いていたのか。それもある。父にたいする憐憫もなくはなかった。伯母に言いまるめられるうち、身動きとれぬ心理になっていたことも確かだ。あの心理にはさまざまな要因がからみあっていて、どれ一つをとっても、これが決定的だとは勝呂には言えないのである。

しかし、理由が何であれ、母を裏切り見棄てた事実には変りはない。それが今日まで彼の心の奥にしこりとなってきた。自責の念に駆られれば駆られるほど勝呂は父を厭わしいもののように見てしまう。自分の弱さを誤魔化すためにも、父をうとんじてしまう。それが不合理であることは理窟ではわかっても、感情ではどうにも動かせないのだ。

伯父と伯母とに言いふくめられた翌朝、母の顔をまともに見ることができなかった自分の姿をまだ憶えている。彼は満人の女中に給仕してもらいながら、コソコソと朝の食事をしていた。その時、眼を泣きはらした母が茶の間に入ってきた。

「坊ちゃん。ごはんまた落したよ」と女中は言った。

母は彼の向い側に腰かけ、できるだけ平静な声をつくりながら、おはようと言った。

「学校が遅れますよ。グズグズしていると」

眼をそむけ、勝呂は箸をおき逃げるように茶の間を出ていった。母を見すてた自分がみじめで汚れて卑怯者だという気持を、背中に痛いほど感じながら、彼はランドセルを背中にかけた。母さん、ぼくは母さんと一緒に住むという言葉が咽喉まで、涙声のように出かかっていたが、彼がふたたび茶の間に近づいた時、伯父と伯母との声がした。

「節さん。もう起きたか」伯父はわざとらしい声で母に話しかけていた。「朝刊はもう来てるかね」

その声をきくと、勝呂は思わず足をとめた。咽喉まで出かかった母にたいする言葉はそこで停った。

「心配せんでええ」

玄関で長靴をそっとはいていると、うしろから伯母が忍び足で近づき小声で勝呂に、

「母さんは何も怒っとりやせん。それに、お前は母さんに会いたい時にはいつでも会えるんだから、今と少しも変りはせん。母さんは一ヶ月ぐらい、一寸、大連を離れるけどな」

伯母は、母の旅行は一ヶ月ぐらいなもので、すぐに大連に戻ってくると言った。だが、それは子供にこれ以上、衝撃を与えまいという大人たちの芝居だった。愚かにも勝呂はそれを信じた。なぜなら、それは母までが、彼に一ヶ月したら帰ってくると誓ったからである。

「ちゃんと留守番をするんですよ」とたしかに母は彼に約束した。「伯母さんの言うことをよく聞いてね」

あの時、母がどんなに辛い芝居を息子の前で演じねばならなかったか。今の勝呂には痛いほどわかるのだ。もし自分が同じ立場におかれたなら、やはり同じように稔の前で装ったにちがいない。それから一週間後の朝、彼が眼をさますと、母はいなかった。父もいなかった。伯父も伯母もいなかった。

「見送りに行くなら行くで」と彼は泣きながら、満人の女中にくってかかった。「なぜ起してくれなかったんだ」

「船、早いだろ。坊ちゃんは起きないだろ」

女中は首をふった。「船、早いだろ。坊ちゃんは起きないだろ」

校庭に小さなつむじ風が巻いていた。つむじ風にのって新聞紙がくるくると上り、鉛色の空に飛んでいった。ポケットに片手を突っこみながら勝呂は新聞紙の行方を見つめていた。

一人の中年婦人が入口から出てくると、人影のない校庭をゆっくり彼の方に近づいてきた。

「鮎川でございますが……」

勝呂はあわてて頭をさげ、自分は、ずっと前、ここに奉職していた勝呂節子の息子だと説明した。婦人は軽い驚きの声をあげて、母には自分も習ったことがあると答えた。

「お亡くなりになったことは伺ってましたが……お墓にもまだ一度もお参りしなくて」

それから彼女は腕時計を見ながら弁解するように、

「習ったと申しましても、私なんか御授業をうけただけで……、そう存じあげなかったものですから」

しかし、勝呂はこの鮎川という女性の名前住所が母の遺品である小さな手帖の中に書きこまれてあったから、ここに来たのである。

「母は……生徒さんに、人気がなかったのですね」

「いいえ、そんなことございませんよ。そんなことは」婦人はあわてて首をふった。

「でも、少しおきびしいところもおありでしたから」

「教え方が」

「ええ……」彼女は言葉をにごした。「あたしたちは、どうも至りませんで、ついていけないいなと思うような時もございましまして」

またつむじ風が塵芥をくるくると空中に巻きあげた。鮎川さんは腕時計をちらりと見た。

「と、おっしゃると？　すみません。母のことは何でも伺いたいもんですから」

「何て言ったらいいのかわかりませんけど、ただ、先生は音楽にあたしたちが考えている以上のことをお求めになったもんですから、それに従《つ》いていけない方は」

鮎川さんは唇のあたりに、曖昧な微笑をうかべた。

「それに従いていけない人は？」

「やはり、色々、先生が理解できなかったんじゃありません」

彼女の唇のあたりにはまだ曖昧な微笑が残っていた。その曖昧な微笑はいかにも母のことを「実はあたしたち、もて余していたんでございますよ」と言っているように見えた。父がかつて母をもて余したように、生徒たちも母をもて余したのだろうか。

「申し訳ございませんけれど、あたし、一寸……」

「いえ、こちらこそ」勝呂はあわてて頭をさげた。

さっきと同じように鮎川さんは人影のない校庭をゆっくり校舎に戻っていった。ポケットに両手を入れたまま勝呂は、母が大連から引きあげたあと三年間、音楽を教えたというこの校舎を見つめていた。もちろん、この校舎も、むかし母が通ったあの小学校と同じようにすっかりコンクリートに建てなおされていた。

(それに従いていけない人は……)

鮎川さんの言葉はまだ彼の耳に残っていた。結婚生活の間は、父を軽蔑していたためか、まだ温和《おとな》しく冷やかな笑いしかうかべなかった母は、離婚後、年をとるにつれて怒りっぽくなっていった。時にはヒステリックにさえなっていった。そのことを彼は思いだしたくはない。しかし、母の人生をたどるためにはやはり思い出さねばならぬ。

(それに従いていけない人は……)

彼は、この学校をやめさせられた時の母の姿を想いうかべた。おそらくここの校長は母に、ここは教養としての音楽を教えるのであって、音楽家を育てる場所ではないとでも言ったのだろう。だが母にとって、教養のための音楽などは存在しなかったにちがいないのだ。勝呂のまぶたには、ヴァイオリンの絃で潰れ皮のように固くなった母の指が浮かんだ。冬、あの指は絃で切れて血がにじんでいた。

父が日本に勝呂をつれて戻ったのは母が帰国した翌年である。満鉄をやめた彼は兵庫県の教育局に勤めることになったのだ。その時、勝呂はもう中学生になっていた。はじめて見る日本の風物は、何もかもが汚なく、小さくみえた。街も通りも家々も大連にくらべると貧しく、みみっちかった。阪急電車の六甲駅にちかい勝呂の家の前には、売地とかいた原っぱがあり、その原っぱで彼と同じぐらいの中学生たちが毎日遊んでいたが、どうしてもなじむことができなかった。

母が東京にいることはもちろん知っていた。手紙はきちん、きちんと来たし、父も勝呂が母に返事を書くことをとめはしなかったからである。しかし、父は勝呂を東京にやって母親と会わそうとはしなかったし、母を神戸に呼びよせもしなかった。母の手紙には、いつか勝呂を手元に引きとると必ず書いてあった。勝呂はそれを一方では願いながら、一方ではそうなることが不安だった。

九月、大連から伯母が神戸にやってきた。勝呂の家に泊った伯母は父の前では母のことにはほとんどふれなかったが、勝呂をそっと廊下に呼びよせて、

「母さんに会いたかろうが……」声をひそめて言った。「心配せんでええよ。いつか必ず会わしてやるからな。伯母ちゃんに委しときなさい」

だがその伯母の言葉には、どちらにもいい顔をしようとしている狡さが感じられ、うつむいたまま勝呂は返事をしなかった。それにその夜中、便所にいこうとして廊下を通った時、父と伯母との会話を暗い電気の洩れているふすまごしに聞いたのである。

「節さんは、どこに行ってもうまくいかんらしいな。もう勤め先だけでも二つも変えたと東京の井口さんから手紙をもろうたけど」

「人と妥協することを知らん女だから」父は吐き棄てるように言った。

「どこに行っても、そういう結果になるんです」

「心根を入れ変えねばいかんねえ。あれじゃから節さんは、誰からも好かれん」

廊下でたちどまり、勝呂は、今日、自分に委せておけと言った伯母の狡そうな顔を思いだした。事情はよくわからなかったが、母は勤め先の学校を次から次へとよしていることだけはわかった。母は自分をいつか引きとると書いてきたが、自分が行けば足手まといになるのだと彼は思った。母は結局、結婚生活でも駄目だったように、勤め先にも満足していないのである。

しかしその年、彼は遂に会うことができた。母が東京から大阪に出てきてくれたのである。久しぶりに見る母はひどく疲れて青い顔をしていた。彼を見た時、母は頻に泪をながした。梅田のデパートで食事をし、屋上にのぼり二人はベンチに腰かけた。それは彼にとって久しぶりに与えられた倖せな一日だった。

「なんでもいいから」母は彼にむかって言った。「自分しかできないと思うことを見つけて頂戴。だれでもできることなら他の人がやるわ。自分がこの手でできること、そのことを考えて頂戴」

「父さんは平凡が一番、倖せだといつも言っているけど」

母は苦い顔をした。

「母さんがなんのために、こうして一生懸命生きてきたか、よく考えて頂戴」


その時、何気なく聞いた言葉はくりかえし、くりかえし母のことを心に甦らすにつれ、なぜか彼にはただ一つの言葉だったように思えてくる。しかし、それはずっとあとでの話である。

学校から帰っても、母がいない家庭は彼にとってなんの愛情もない。授業が終ると彼は、ただどこにも行けないから、家に戻るのだった。家政婦が留守番をしている父の家。義務的なお八つ。そのお八つをたべながら、寝ころんだまま、ながい間天井を見ている。勉強もせず、といって遊びもしない。日が暮れて障子がカタコトと鳴る。

勝呂の成績は眼にみえて落ちていったし、教師は彼のことを箸にも棒にもかからぬ生徒だと思っていた。彼の取柄はただ、学校で目だたぬ代りに、悪いことをしないというだけだった。だが勝呂は悪いことをしなかったのではなく、悪いことさえできなかったのである。

そんな勝呂を母は知らなかった。月に三回、送られてくる手紙には、彼にはとてもできないことが書いてあった。たとえば中学を出たら、必ず官立高校を受けてほしいとか、成績は十番以内でなければならないとか。だが、彼の成績はクラスで尻から三番目になっていた。教師たちは彼が官立高校を受けると言えば、笑いだしたにちがいないのだ。母は何も知らなかった。なぜなら勝呂は決して母を幻滅さすようなことを返事に書かなかったからである。もちろん、父が母には一通の手紙も出さぬ以上、この嘘がばれる筈はなかった。

（あの時、なぜ母に嘘をついたのか）

やがてはどうせ、明らかになる嘘を彼がついたのは、虚栄心のためだけではなかった。彼は気の弱さから、一人で遠くに生活している母を傷つけたくはなかったのである。母に心配をかけまいと思うと、勝呂は手紙のなかでどうしても自分が毎日、元気で学校に通っているような筆づかいをしてしまうのだった。

年の暮、また、伯母が大連から神戸にやってきた。今度は彼女の一家が日本に引きあげる下準備のためでもあり、また父のために新しい縁談を用意してきたのである。「なあ。お坐り。羊羹を切ろうかね」伯母は昔のように勝呂を前に坐わらせて煙草に火をつけた。「お前も学校から戻って一人で父さんを待つのは寂しかろうし、それに父さんは何といっても男だからね。世話する奥さんが必要だろ」

勝呂は母の別れ話の時と同じように黙っていた。黙っているということを伯母はまた、承諾の意味にとった。

「父さんや今度くる新しい母さんのためにも……なあ、節さんのことを今後口に出してはいけんよ。そりゃあ、心のなかで、どんなに考えてもな、口に出してはいけんよ」

伯母が母のことをこの時、勝呂の前で節さんと呼んだのは始めてである。そして父の妻になる女性のことを新しい母さんと言った。この言いかたは、勝呂の胸をひどく傷つけたが、彼は黙っていた。いやだとも言わなかった。自分が母を今、また裏切りつつあることを感じながら黙っていた。大人たちは、はじめ、勝呂が母と好きな時自由に会えるのだと言ったのだ。そして日本に戻ってみると、それはほとんど不可能になっていた。今度は新しい女が父の妻になると言う。しかももう、その女の人や父の前では母のことは語ってはならぬという。罠にかけられたのではないにせよ自分がまるで糸をからまれた虫のように思えた。そして責任の所在が何処にあるにせよ、結果的に自分が母を一歩一歩孤独にさせ、見棄てる生活に落ちていくのも事実だった。

「なあ。誰でも、このくらいの苦労をせねば、世間はうまく渡っていけんのだから」

伯母は煙草を火鉢のなかに押し込みながら言った。「辛抱せにゃ、いかんよ」


荷物になると言ったが、義母はそのベッタラ漬を素早く風呂敷につつんで唇にうす笑いを浮かべた。

「あんたにやるんじゃない。近子さんや稔に食べてもらうんだから」

「そうだ。持っていくがいい」玄関で父も上機嫌に「ただ、こいつは匂うからな。注意しなさい」それから、彼はもう一つの包み――例の李商隠の原稿を大事そうに手にとって、「とに角よろしくたのむ」と言った。

両手にそれらの包みを持って夕暮の道を駅まで歩いた。二つの包みはどれも彼にとって重く迷惑だった。自分の小説だって出版社に持ちこむのは気が引けるのに、内容さえよくわからぬ父の原稿を、どういう風にA社に持参すればいいのだろう。駅のベンチでベッタラ漬は変な臭気を周りに漂わし、彼は貧乏ゆすりをしながら電車を待った。

(断われないというのは、悪い性格だ。なぜ、始め話のあった時、父に駄目だとはっ

きり断わらなかったのだろう)

父が折角、書いたものを息子の自分が何もしてやれぬことを気の毒だと思ったのか。老人の懸命な顔を見るとつい憐憫の情に駆られてしまったのだ。むかし、俺は母のことで伯母に遂にノオと言えなかった。自分の気の弱さからノオと言えなかった。その悪い性格が母を更に孤独にしていった。駅の向うの夕焼雲を見ながら勝呂は悔恨とも自責ともつかぬ感情をまたかみしめた。

家に戻ると入口の前にオートバイがおいてあり、何かただならぬ気配である。急いで玄関の戸をあけると、町医者が帰るところで、「あなた」妻が早口に言った。「稔がひどい熱なの」

「どうしたんだ」

「いや、少し心配なこともありますので」医者は靴をはきながら「今も奥さんに入院させられるようお話してたんですが」

「先生は、悪くすると小児麻痺になるかもしれないと」

「いやいや」医者は表情を強張《こわば》らせた勝呂を見て手をふった。「いや、万一そんなことになるといけないから、大事をとるのも悪くないだろうと申し上げたまでですよ。なにたんなる風邪だと思いますがね」

子供はぐったりとして汗をかきながら眠っていた。勝呂は背広のまま、枕元の洗面器の手ぬぐいをしぼり、あつい額をふいてやった。

「入院させましょう」

「そうですか。そのほうが安心でしょうな」

医師は玄関で妻と小声で相談しながら引きあげていった。

「どうします？」

「どうするって、決めたじゃないか」勝呂は怒鳴るように言った。「入院させるんだ」

「お金のほう大丈夫？　あなた」

「何とかする」

あの二万円をこういう時、使わないでおくべきだったと思ったが、仕方なかった。

しかし入院すれば二万円ではすまないだろう。


「昨日、母さんはSさんの音楽会に行ってきました。あなたも知っているように、今の母さんにとって、そう度々、音楽会には行けぬし（経済的な事情のため）でもSさんは母さんがモギレフスキ先生に習っていた時の友だちでしたから、どうしても聴きにいきたいと思ったのです。もう八年も会っていませんが、会っていないから余計に聴きたかったのです。でも正直に言って、演奏が進むに、母さんはひどく失望しました。演奏曲目はセザール・フランクのソナタという曲（あなたもいつか聴きなさい）でしたが、Ｓさんはテクニックだけで弾いています。

母さんはながい間、苦労して、一人ぽっちで生活して、あなたの面倒も見てあげられなかったけれど、それを償うためにも勉強だけはしてきました。毎日、毎日、勉強だけはしてきました。だから自分の勉強から言ってもＳさんのヴァイオリンが、テクニックだけで、音楽というものが何もわかっていないことを感じました。テクニックだけのことなら、練習で誰でもうまくなれますが、音楽にはもっと高い、もっともっと高い何かがあるのだと母さんはいつも思っているのです。演奏会が終って一人で夜道を歩きながら、あなたのことを考えました。そしてあなたもテクニックだけの人生を生きるような人間にならないでほしいと思いました。たとえ周りの人がそれを安楽だとすすめても。」

学校から帰るとその手紙が机の上にきちんとおかれていた。これを置いたのはあきらかに義母だった。義母はどんな気持でこの手紙を郵便物のなかからえりわけ、勝呂の机においたのだろうか。勝呂は音のしない廊下をちらっと窺いながら封筒を切る。母の手紙はいつもこの調子だった。それは彼を悲しくさせ、不安にさせる。母は自分に余りに期待しすぎている。彼女が歩いたと同じ人生を彼に要求する。それが愛情で裏づけられているだけに彼にはいつしか重荷になっていった。彼の体には母の血も流れていたが、同時に父から受けた性格もまじっていた。反撥しながらも、父と同じように安穏で何事もない人生を歩こうとする傾向もまじっていた。

「母さんは他のものはあなたに与えることはできなかったけれど、普通の母親たちとちがって、自分の人生をあなたに与えることができるのだと――それを今はあなたにたいするおわびの気持と一緒に自分に言いきかせているのです。アスハルトの道は安全だから誰だって歩きます。危険がないから誰だって歩きます。でもうしろを振りかえってみれば、その安全な道には自分の足あとなんか一つだって残っていやしない。海の砂浜は歩きにくい。歩きにくいけれどもうしろをふりかえれば、自分の足あとが一つ一つ残っている。そんな人生を母さんはえらびました。あなたも決してアスハルトの道など歩くようなつまらぬ人生を送らないで下さい。母さんは近頃、心臓が悪いらしく、時々、胸が急にしめつけられるような感じがするので困っています。」

その手紙を読んだ時も勝呂の心に浮かんだ不安は、母の心臓のことよりは、アスハルトの道を歩くなという何時《いつ》もの言葉だった。引出しにその手紙をかくすように入れたのは、もし掃除の時など義母に見つかっては困るという配慮だった。母の手紙だけは誰にも――特に父や伯母や義母にはさわられたくはなかった。しかし、彼にとって秘密のその内容は今までと同じように心に重かった。

畳の上に引っくりかえり、夕暮まで彼はただ、天井の染みを見つめていた。母の手紙にかかわらず、彼は勉強をする気にはなれなかった。それは父にたいするかすかな復讐のためであり、成績をよくすることによって父を悦ばしたくはなかったからでもあった。寝ころんでいる彼をちらっと見て、義母が黙ったまま部屋に入ってきた。そして彼女は黙ったまま、洗濯した勝呂の靴下や下着を簞笥の中にしまうと部屋を出ていった。その背中にはいかにも自分は義務だけをテキパキと果しているのだという感情があらわれていた。

「母さんがいつ、演奏会をするのかとあなたは言ってきたけれど、今のところその気は全くありません。人に発表するだけのものがまだ自分にできていないからです。テクニックだけではなく、もっと高いものが音楽にある筈なのに、母さんにはそれがいくら勉強してもまだつかめないからです。でも一つの音のなかから母さんは音以上のものをとらえてみたいと考えています。ただ近頃は心臓のほうが更に悪く、みなから顔がむくんだなどと言われています。」

月見の晩で義母は縁側に薄《すすき》を入れた花瓶をおき団子をそなえた。晩御飯のあと、風呂をあびた父は浴衣がけで団扇を使いながら、縁側に坐ると、

「いい月だぞ。来てみなさい」

それから彼は、うまそうに麦酒を飲み、義母にも一杯飲まないかと誘った。

「こうして一家そろって、月見をする。結構なことだ」と父は機嫌よく勝呂と義母を見た。

「今年も何事もなく、だれからも後指をさされず……、これが幸福というもんだな」

「また、父さんの訓話がはじまった」と義母は勝呂に団子をとってやりながら言った。

「それには聞きあきましたよ」

「聞きあきてもいい。本当のことを言っとるんだから」

月の光は小さな庭や、庭のむこう側の原っぱを白々と照らしていた。時々、阪急電車が音をたてて通りすぎた。勝呂は膝の上に皿をのせた父の満足そうな横顔をみていた。団子を食べている父の顳顬《こめかみ》がひくひく動いている。義母の顳顬もひくひく動いている。その二人の横顔を窺いながら、この二人は、今、心の奥で母の存在をどう考えているのだろうかと勝呂はひそかに思う。父の浸っている安穏な幸福の背後に孤独な女が一人いたことを忘れているのだろうか。父と義母にたいするかすかな憎しみに駆られ勝呂は皿を手にもったままうつむいた。

「どうした、食べないのか」

「おやおや、いつもは五つも、六つも食べるくせに」

義母がそう言うと勝呂は仕方なく弱々しい微笑を頬にうかべた。そしてそんな愛想笑いをうかべた自分にたまらない嫌悪を感じた。

帝国ホテルのロビーで勝呂は畏って坐っていた。靴のよごれや膝のぬけたズボンがこんな所にくると妙に恥ずかしく、気になって仕方がなかった。周りの外人たちがじろじろと自分をみつめているような気がした。

肥ったSさんはロビーの真中でたちどまり、ボーイから勝呂の場所を教えられるとうなずいて、つかつかと寄ってきた。新聞や雑誌でみるよりずっと老け、不健康そうだったし、その上、若づくりの化粧や服装をしているだけに、かえって皺が目だつのである。

「あんたがお節さんの息子さん」彼女は大きな眼で勝呂の身なりを調べながら言った。「むかし会ったことがあるわね。大連で。まだ、こんなに、あんた小さかったでしょう」

ハンドバッグから、煙草と、小さな鑵をとりだし、白い丸薬を口に入れながら、

「ぜいぜい言うでしょう。心臓が悪いの」

「母も心臓が悪かったんです」

「知ってるわ」

彼女は煙草に火をつけた。むかし、大連で勝呂の家に泊った時、彼女の喫った煙草の火口が闇のなかに赤く点滅していたことを思いだす。Sさんはあの時、母がヴァイオリンをやめたことを責めていたのだ。

「不運な人だったねえ。お節さんは」

その言葉も彼を少し傷つけた。父から見れば、結婚生活さえまともにできなかった母。しかし同じヴァイオリンをやるこのSさんから不運だと言われれば勝呂には言いかえす言葉がない。帰国して一度も演奏会を開かなかった母。いや、開かなかったのではなく開けなかったのだ。一介の音楽教師にヴァイオリンの演奏会を開いてやろうなどと申し出る人間がこの世にいるだろうか。

「お節さんは結局……」Sさんは丸薬をもう一錠、口に放りこんで「たづなを、しぼりすぎたのね」

「たづなを？」

「ええ、たづなを決してゆるめることがなかった。あれじゃあねえ……」

そのあとの言葉をSさんは口に出さなかった。しかしその語調から、彼女がどのような眼で母を見ているかわかった。煙草をはさんだSさんの指。しかしその指は母のそれほどは潰れていなかった。ヴァイオリンの絃に切れて固い皮のように変色していなかった。

Sさんに礼を言い、ホテルの外に出ると雨がふっていた。その雨のなかを濡れながら歩いていると、烈しい怒りが胸をふきあげてきた。父が母について何かを言うのはいい。あの父は俗人だからだ。伯母が母についてどう考えてもいい。あの伯母は人生について何もしらぬからだ。しかし母の教え子である鮎川さん、母の音楽学校時代からの友人であるSさん、その人たちまで今は母の生き方を蔑むような言い方をするのは耐えられなかった。

「音楽より、もっと高いものを」と母は幾度も手紙に書いてきた。その高いものを求めた女が、彼の母だった。その母が、世間からこういう眼でみられている。あなたたちには母の生き方がわかるまい。あなたたちがわからなくても、子供の俺にはわかると彼は呟きつづける。

そのくせ、家に戻ると彼の興奮は幾分、おさまっていた。妻の弟が退屈そうに留守番をしており、玄関をあけた彼をみると、

「お帰りなさい。姉は稔ちゃんの病院にいきましたよ」

二日前、入院した稔は小児麻痺の疑いは晴れたが、喘息気味の気管支炎だということがわかり、もう四、五日、そっとしておいたほうがいいという病院側の話でまだ入院させているのだ。

弟が帰ったあと、仕事にとりかかった。今日の翻訳は意外に手まどり、夕暮、妻が

帰った時も、五、六枚しかすすまない。暗くなった台所で妻は包丁をカタコトならしながら晩飯の支度をしている。彼女の妹が、かわって今晩、稔につきそってくれるのだそうである。

包みのなかから父の原稿をとり出して、めくってみた。李商隠などという中国の詩人のことは勝呂は興味もない。父はただ、何かをするためにむかしから好きだったこの詩人のことを書いたのだろう。彼は頁をとばして、所謂《いわゆる》「あと書」めいたものに何気なく眼を走らせた。「この詩人を、わたくしは今日まで嬉しいにつけ、悲しいにつけ、読みかえしてきました。そのたびごとに心の琴線にふれるものがあるのをおぼえました」

原稿を袋に入れながら勝呂はうす笑いをうかべた。むかし父が、文学などは趣味でやるべきものだと言った言葉が急に頭にひらめいた。その男が、あと書にせよ、このような尤《もっと》もらしいことをしるすのは滑稽であり愚劣だった。しかしその父は今、ともも角も世間的には無事安泰に老年をむかえてこのような原稿を書き、それを息子に託して出版しようなどと考えている。(母は演奏会さえ開けなかったのだ)怒りがまた胸のなかからこみあげ、彼は水を飲むために台所にいった。

「仕事は終ったんですか」と妻は彼に訊ねた。「話があるんですけど」

「何だ」

「病院費が意外に高かったの。検査料なんか合わせて三万円ぐらい。どうなさる」

彼は黙っていた。どうなさると言いながら妻が心の中で考えていることがよくわかったからである。

「お前の着物」勝呂は不機嫌な声で言った。「売ればいいじゃないか」

「そんなことしなくても……お父さまに拝借できないかしら」

「いやだ」と彼は首をふった。「親爺なんかには借りたくない」

しかし、勝呂は、結局は自分が父にその三万円を借りにいくであろうことを知っていた。今まで、妻の出産の時や彼が風邪で寝こんだ年末など、父から金を借りたことがあったからだ。

「お父さまに借りたくないと言って……当《あて》があるんですか」

「だから、お前の着物を売れと言っているじゃないか」

彼は妻が泣きだすまで、いつまでも強情にその言葉を言い続けていた。妻は泣きながら、あなたには父を軽蔑する資格なんかないわと叫んだ。

「何も知らんくせに……生意気を言うな」

「言いますとも、あなたなんか、お父さまぐらいにも、なれないんじゃありませんか」

勝呂の手は震え、思わず妻を撲ろうとしたが、撲れなかった。彼はうつむいて母の死顔を思いうかべた。暗いアパートの一室、ゴムの植木鉢が片隅におかれており、母の青白い額にはまだ苦しそうな翳が残っていた。

雑種の犬

「棄ててきて下さいよ、この犬。あなたは始めから雌だと知っていたんでしょ」

「いや、知らなかった」彼は懸命に首をふった。「本当に知らなかったんだよ」

「困った人ねえ。雄だ、雄だと言うから信じていたのに」

彼と妻とが自分のことを話しているとも知らず、クウは赤い首輪のついた首を一寸、まげ、きょとんとした眼で夫婦を見あげた。十歳になる息子は少し遠くに離れながら二人の口論を聞いている。

「稔。棄てていいのか。クウを」

「ぼく……」と息子は当惑した顔をみせた。

「どっちでもいいよ。ママがいけないって言うなら仕方ないじゃないか」

妻は犬にしろ猫にしろ動物を家で飼うのは大嫌いだった。「結局、御飯をやったり、糞《ふん》の掃除をしたりするのはあたしなんですからね。あなたはただ頭を撫でていればいいんだから」と彼女は言う。その通りだった。にもかかわらず彼は結婚以来十年、いく度も嫌な顔をする妻をなだめて小鳥を飼いつづけた。猫も拾ってきたことがある。(その猫は今の家に引越した時、どこかに逃げてしまったのだ)

問題のクウも彼の家の一員とするまで妻を説得せねばならなかった。その上、彼の息子は母親に似て、小さな動物にほとんど無関心だった。散歩の途中、近所の牛乳屋で三匹のブチや白の仔犬が箱から首を出して鼻をならしているのをみつけた時も、思わずしゃがみこんだのは彼のほうで、息子は知らん顔をしていた。

「可愛いねえ」

「そうですか」牛乳屋の細君は嬉しそうに「四匹生れたんですけどね。一匹、お客さんがくれくれと言ってね、もっていきましたよ」

「ほしいねえ、ぼくも」

「じゃあ、もっていって下さいよ。いずれは誰かに引きとってもらわねばならないんだから」

「よしなよ」と息子が彼の手を引張ってそっと言った。

「ママが怒るよ。それに雑種じゃないか、こいつ」

勝呂は雑種だからこの仔犬が可愛かったのである。なぜかしらないが、同じ犬でも血統のいい小悧口な犬は性にあわなかった。臆病で、人がよい、雑種犬が彼は好きだ。

「母親も雑種だったね」

「ええ、スピッツの血が交っているんだけど」

「スピッツは嫌だ。雑種ならいい」

彼は結局、箱のなかの三匹から白い仔犬を一匹えらんだ。股をみると小さな突起物があったから雄だと思った。そいつは可哀想に右の眼が左の眼より小さくて、しかも右眼のまわりだけが茶色い。眼鏡をかけたようにみえる。彼の腕の中で仔犬はだらしなく眠りこけていた。

「知らないよ。ぼく」と息子は溜息をついて言った。「ママは叱るだろうなあ」

予想したようにその夜、妻はがみがみと言いはじめた。彼はそんな時、いつもするように黙って聞いていた。神妙に聞いているふりだけして、相手の口が疲れてくるのを待っていた。

それから、

「俺はねえ、他の連中のようにマージャンもゴルフもしないだろ。酒だってほとんど飲まないし、女遊びもしない。たのしみと言うもんは何もないんだ。(とそこで彼は言葉を切り、寂しそうにうつむいてみせた)……たった一つ、小鳥やこんな仔犬を飼うことも駄目なのか」

勝呂の妻はそれほど性悪な女ではなかったから、この言葉に黙りこんでしまった。そして渋々だが、この仔犬を彼が世話するという条件で飼うことを認めた。

息子と同じ年齢の頃、彼は大連に住んでいた。家には茶色い雑種の犬がいた。はじめは一人前の名を持っていたが、あまり食べる犬なのでみんなはいつか「クウ」とよぶようになった。

気だてはよくて家族のうちで勝呂には一番なついた。

アカシヤの花が大連の街に咲く五月、ランドセルをだらしなく背負って学校に行く彼のあとをクウはいつも従いてきた。途中で追いかえそうとしても、一寸たちどまって尾をふってみせるだけで、またのこのことうしろを歩いてくる。授業の間は運動場の隅に寝そべって彼が出てくるのをいつも待っていた。

「この犬には満洲犬の血がまじっているのさ」と彼は得意になって友だちに説明した。

「みろよ。舌が赤くないだろ。一寸、青いだろ。満洲犬はみんなそうなんだってさ」

学校がすむと彼はまたクウをつれて家に戻る。ランドセルをそっと玄関に放りこんで、母親にみつからぬように外に出ていく。みつかれば宿題をやれと言われるからだった。西公苑には大きなポプラの木の下で苦力《クーリー》がいつも昼寝をしているが、そこにはメダカがとれる流れがあった。彼が遊んでいる間、クウは木の下で顔を前足にのせたまま、母親のようにじっと彼を見まもっていた。

もらってきた白い仔犬を彼はクウと名づけた。少年時代、飼ったクウとは毛の色も顔もちがうが、食欲だけはひどく旺盛で腹が異常に膨れるまで食べるところはそっくりだった。

朝、眼をさますと勝呂はすぐ勝手口を覗いてみる。ボロボロの古毛布を敷いた木箱のなかでクウは待ちかまえていたように尾を懸命にふり、片足をあげて寝ころがり、お腹を掻《か》けとせがむのである。疣《いぼ》のように小さな乳がみえるその腹をかいてやると、片足を痙攣したように動かす。

「みろ、俺にだけ、こんなに懐いている」

そう彼は自慢したが、妻は吐きすてるように、

「誰にだってこの犬はそうなんだから」

そう言われてみると、事実、クウは御用聞きにも郵便配達夫にも這うような恰好をして近より尾をふってすぐ仰向けになるのだった。雑種犬は毛なみの良い犬とはちがって、そうしなければ食物にありつけぬことを本能的に知っているのだろう。戦後まもない頃、勝呂の先輩の家に一匹の犬が迷いこんできたが、この犬はその後、一週間のうち月水金は先輩の家の番を勤め、火木土は別の家の飼犬になりすましていたそう

である。食糧の不足した戦争直後だったから、雑種犬もそのくらいの智慧を働かせねばならなかったのだとその先輩は言っていた。

「そんな馬鹿なことがあるもんですか」

「本当かどうかは知らんよ。でもそれほど雑種という奴はいじらしいんだ」

クウは、息子がおあずけやお坐りを教えても一向におぼえなかった。自分がおぼえないことをすまないと思っているのか、恐縮したような顔をする。

「ばっかじゃないのか。この犬」

息子は次第に飽きたのか犬に見むきもしなくなっていた。学校から戻ってクウが尾をふって、庭でお八つをたべている彼に近よっても、

「ノオ・ノオ」

追っぱらうだけである。

「お前、なぜこいつが嫌いなんだ」

「だって汚いもの。それに頭だってよくない。名犬ラッシーみたいならいいんだけど」

「可愛がってやればどんな犬だって悧口になるさ」

「駄目。もともと雑種だからね。生れつきぬけているんだよ」

勝呂は嫌な顔をした。子供を叱ろうと思ったが、どう叱っていいのか、言葉にまよ

い、口を噤《つぐ》んだ。

（親爺とお袋とが別れた時、俺はこいつと同じ十歳だった）と彼はクウを叱りつけている息子をみながら考えた。

その年の冬から、勝呂の父と母との仲は険悪になっていった。夜の食事に父がいない時が多くなった。時たま、三人で食卓をかこんでも父は母からできるだけ眼をそらせ、つめたい表情で口を動かしていた。母は勝呂にだけ妙にやさしい声をかけてくる。なぜ両親がこのように争っているのか子供の彼にはわからない。勝呂はただおどおどとしながら父と母との顔色をうかがい食事をつづけたものだった。

食事がすむと、応接間にいつまでも灯がともる。今考えると父と母とが離婚の相談をしていたのだったが、その頃の彼にはこちらにまで聞えてくる父の烈しい怒声や母のすすり泣きがたまらなく辛かった。耳穴に指を入れて勝呂はそれらの声をきくまいとした。

大連の冬は四時頃から日が暗くなる。凍《し》み雪にペチカの黒い煤煙が這うように流れ、家々の灯がともる頃まで勝呂は学校に残るか、学校を出ても家にはすぐ戻らず外を歩きまわった。家に帰って、暗い部屋のなかで灰色の石像のようにじっと坐ったまま何かを考えている母の姿を見たくなかったからである。その時、彼のあとをいつもクウだけがついてきた。クウはたちどまり、苦力《クーリー》が道路の端に集めた雪の中に鼻をつっこみせわしげにその雪をかきちらし、あるいは黄色い小便の痕をそこに残しながらもどこまでもついてきた。彼がたちどまると、首をかしげ、哀しそうな眼で勝呂をじっと見つめた。

「横溝君、遊ぼう」

「駄目。もうすぐ晩御飯だから」

冬のこんな夕暮には、友だちも外には出てこなかったから、彼は一人で歩きつづけねばならない。

「嫌だなあ……」

どうしても家に戻らねばならなくなった時、勝呂はふかい溜息をついた。彼が引きかえすと、クウもくるりと向きをかえ、またそのあとを忍耐づよくついてきた。雪の中に顔を突っこみその雪に穴をほり、それから勝呂のあとを走ってついてくる。家に戻ると、またあの辛い夕食や母親のすすり泣きがはじまる。

（こいつは俺のような目に会わなかったから）時々、勝呂は思うことがある。（犬にも親しみを感じないのだろうか）

息子が邪険にクウを追い払うのを見ると、勝呂は今日まで妻と別れないで過してきたことを良かったと思う。もちろん彼のような男にだって細君にたいする不満は幾つでもある。しかし、妻と別れようなどとは一度も考えなかったのは、何よりも息子に自分が味わった少年時代の孤独を経験させたくなかったからだった。父親と母親とが憎みあい傷つけあった毎日、彼は自分の辛さをうちあける相手をもっていなかった。母親は父の悪口を聞かせ、父親は思い出したように彼に優しい声をかける。だが父にやさしくされることは勝呂にとっては重荷だった。それは母を裏切るような気がするからである。だから彼は、犬にだけ自分の悲しみを訴えたのである。あの一匹の黒い雑種犬だけが少年時代の勝呂の伴侶であり、その孤独を知っていた。彼は首をかしげ、哀しそうな眼で夕暮の雪のなかに立ちどまった主人をじっと見るのだった。

「恥ずかしいわ。この犬」

と妻が言った。

「どうしてだ」

「今日、肉屋に行ったのよ。クウものこのこついてきたの。そしたらどこかの奥さんがグレートデンって言うのかしら、大きな立派な犬をつれてきたんだけど肉屋の兄ちゃんが骨を放ってやっても見向きもしないの。それなのにクウときたら大悦びで飛びつくんでしょう、まるで家で何も餌をやってないみたい。やはり雑種はちがうなあなんて肉屋の兄ちゃんが聞えよがしに言うし」

「そんなこと訓練で解決する問題じゃないか」

「おあずけ一つ憶えられない犬に訓練もないでしょ。ねえ、やっぱり牛乳屋さんに返しましょうよ、そんなに犬を飼いたいならもっとチャンとした犬をもらってきて下さいよ」

「そうだよ、パパ。名犬ラッシーみたいな犬をもらってきてよ」

息子までが母親にあわせてそんなことを言う。彼は不機嫌になり新聞に眼を落した。彼が腹をたてたのはたんに犬だけの事ではなかった。妻や息子のそういう考え方が嫌だったのである。

昨年、自動車を売るか売らないかという時も、今と同じような気分を味わった。それは三カ年、彼の家で使ったボロのオースチンを売って新しい車に代えようと妻が言いだした時だ。

「頭金さえ何とかすればあとは月賦でまかなえるしその方が得よ」

だが彼はそのボロ車に奇妙な愛着をもっていた。車体の恰好も不細工で塗りも剝げかかっている。坂道をのぼる時、その古いオースチンはまるで喘ぐような音をどこかでたてる。だがその音をきくたびに彼は、これは俺とそっくりだ、肥った女房と子供とを背負って人生を喘ぎながら登っていくこの俺だと時々思うことがあった。胸部手術で片肺をなくし、一寸した坂道をのぼるにもハアハアと言う彼はこのポンコツ車にそっくりだった。

「嫌だ。俺は売りたくない」

「だってあれはもうすぐ使いものにならなくなるのよ」

「使いものにならなくなったら……お前、売るのか」

妻は当り前じゃないの、と言った。息子も恰好の悪い車は嫌だと言った。その時勝呂は今と同じような不快な気持で黙りこんだ。

「そうよ。どうして」

「雑種だと言われて恥ずかしかったら……これはペルシャ犬ですとも何故《なぜ》言わない」

妻は笑いだし、そのおかげでこの時も、クウを棄てることはどうやらまぬがれた。

だが肉屋での出来事と同じようなことはその後も次々と起った。彼と妻と息子とが散歩をしている時など、本物のスピッツをつれた奥さんが向うから来る。偽物のスピッツであるクウは尾をふって本物のスピッツによっていくがやはりどこか似ていてどこか違う。本物のスピッツはふしぎそうな眼でクウをみる。奥さんは軽蔑したようなうす笑いを頰にうかべて通りすぎていく。

「ああ、恥ずかしい、ぼく」

息子はきこえよがしに言う。

ある日、同じ大連にいる父の姉がやってきた。金色の指輪をはめ、肱をついて紙巻煙草をふかすこの伯母を勝呂は前からあまり好きではなかった。三日も四日も彼女は勝呂の家に泊り、母の姿がみえないと急に声をひそめ父と何かを話していた。

夕暮、彼女は突然、子供部屋に入ってきた。少年雑誌の付録の模型を作っていた彼がふりむくと、くわえ煙草のまま畳にちらばっているナイフや糊や紙をかたづけながら、

「お年玉には早いが、おばちゃんお小遣やろうか」

と言った。

警戒した眼で勝呂は伯母をみつめた。子供心にも彼女が今、自分に何か重大なことを言いにきたのだと感じたからである。

「あのなあ、お前にはまだようわからんかも知れんが、母ちゃんは一寸、内地に帰ることになってね」

「なぜ」

「色々、大切な用事があるから。なあに、二カ月か三カ月したらすぐ戻るよ。でお前その間おばちゃんの所に来んか」

勝呂は黙っていたが、伯母が今、自分に嘘をついていることぐらいわかっていた。母が内地に帰れば、あるいは戻ってこないのではないかという不安が胸にこみあげて

きた。

「おばちゃんの所に来んか。なあ、そうしなさい」

伯母は声だけはやさしく、しかし勝呂がいやと言えぬような強い調子でそう言った。だが伯母だけではなく母までが二、三カ月内地に帰るだけだと確約したので、勝呂の不安は幾分静まった。

ある朝、目をさました時、母はもういなかった。父も伯母もいなかった。満人の女中にきくとみんなは母を送りに港に行ったのだと言う。勝呂はその時、自分がだまされていたことをはっきりと知った。

伯母の家にあずけられることになって、馬車に学校のランドセルやトランクと一緒に乗った時、クウが門の前まで駆けてきた。

「クウはどうするの」

「母ちゃんが戻ってくるまでクウも温和しくお留守番するだろ」伯母は父の顔をちらっと見ながら言った。「時々、お前、会いにくればいい。伯母ちゃんのところでは伯父ちゃんが犬が嫌いだから連れて行けないんだよ」

満人の馭者《ぎょしゃ》は値段が折りあわぬと言って父にまだ文句を言っていた。クウはその間、遠くから勝呂をみていた。彼が名をよぶと尾っぽだけを弱々しくふるが近よらない。馬がこわいのである。馬車が動きだすとあとをついてきた。そしてもう追いつけぬとわかると、立ったままいつまでもこちらを見送っていた。

自分の少年時代のうち、その頃のことを勝呂は息子に一度も話したことはない。だがむかしの自分に似た顔や体格を持っている息子が庭でボール投げをしたり畳の上にひっくりかえって漫画本を読んでいるのを見る時、彼はあの頃の自分の姿を息子の上に重ねようとする。いや、息子から、あの頃の自分の姿を思い出す。息子もいつかは不幸や別れというものを味わわねばならぬ時がくるだろうが、その時期をできるだけ遅らせてやるのが、親の仕事かとも考える。（お前と同じ十歳の時、父さんは……）と酒など飲んだ時言いかけて口をつぐむ。なぜ自分が雑種の犬が好きなのか、それを説明してやることもできない。

「大変だよ。パパ」

ある日、その息子が走って戻ってくると硝子戸《ガラスど》を音をたてて開けた。

「雌なんだって」

「静かにしなさい」妻はこわい顔をした。「その硝子はヒビがはいっているのだから」

「うちのクウね、あれ雌なんだって」

「そんな馬鹿な。誰が言った」

「佐田さんところの大学生さんが。ぼくが雄だと言ったら笑って雌だって。保証してもいいってさ。なぜかと言うと、こいつには金玉がないんだって」

勝呂が当惑した顔で妻をみた。雄だからふえる心配はないと思い牛乳屋からもらってきたのである。股にも小芋のような突起物があった。

「金玉がないんだってさ。金玉が」

「そんな言葉……使うんじゃ、ありません」

「じゃあ、何と言えばいいの」

妻は息子を大声で叱りつけ、それから男のように腕をくんで、彼をみあげた。

「え？　どうするんです。あなた」

「馬鹿な話だよ。あきらかに雄じゃないか。お前だってそう思うだろ」

「調べて下さい」

彼は庭に出てクウを呼んだ。妻や息子に決して嘘をついたのではなかった。勝呂自身もこのクウを、この三カ月、雄だと信じていたのである。だが待てよ。あいつはしゃがむような恰好で小便をしていた。それは仔犬のせいだと自分は思っていたのだが……。

「どうだったんです」

犬の股を覗きこんでいる勝呂に妻は硝子戸から首をだして声をかけた。彼は黙っていた。突起物とみえたのは雄の象徴ではなかった。それに大学生の言うように睾丸もなかった。

「あなた、約束ですからね。牛乳屋に返してきて下さい」

「しかし、三カ月も家族の一員だったんだから」

「お願いですよ。この上、次から次へと仔犬まで生れちゃあ、かないやしない」

妻は自分で息子を叱ったくせに烈しい音をたてて硝子戸をしめた。

「パパ、やっぱり返したほうがいいよ」息子が慰めるように言った。「ぼくがついていってやるからさ」

仕方なく勝呂はクウをつれて家を出た。夕靄《ゆうもや》のなかでクウはあっちこっちの電信柱をかぎ、叢《くさむら》に鼻を入れ、あとをついてくる。クウと勝呂はよぶ。するとこの雑種の犬は彼を見あげて弱々しく尾をふる。大連で別のクウが、彼を哀しそうにみつめ、尾をふってついてきたように。

六日間の旅行

その料亭の泉水にはおびただしい数の鯉がいた。叔父が仲居と何か話をしている間、妻と私とは座敷から夜の庭に出た。大木にとりかこまれた池に無数の鯉の群れが列をつくり泳ぎまわっている。巨大な黒い鯉の周りを小さな鯉が何匹もかこんでいる。体をぶつけ合い、体をねじらせ、時々、勢いあまって水から飛びあがるものさえいる。鮭の群れが産卵のため川を遡っていくのに似ている。

「で、君のお袋のことを、小説に書くと言うんだね」

この市の大学で教師をしている叔父は不器用な手つきで川魚をむしりながら訊ねた。

「今じゃありませんが。前から母のことは小説に書かねばならんとそう思っていたんです。でも」私は同意を求める微笑を頻につくって「差し障りのある人が沢山いますしね。その人たちがまだ生きておる。まだ、書けません」

「そうだな、君のお袋は、烈しい女だったからな。俺たち弟も随分、学んだが、随分、傷もつけられたさ。絶交だって何回したか、わかりゃしない」

「しかしお袋は……人生を本当に生きた、という女ですよ。ぼくみたいにフヤケた生き方じゃない」

そんな時いつも私のまぶたに浮ぶ思い出の一つが、また甦った。三十年前の大連の冬である。氷柱《つらら》が窓にぶらさがっている。ねそべった私の前で母がヴァイオリンを飽くことなく弾きつづけている。部屋のなかは既に薄暗い。それなのに母はまだ灯もつけず、たった一つの旋律を幾十回となく繰りかえしながら弾きつづける。二時間前に、母の顎と首とが、充血して赤くなっているのを見た。指の先から血が滲んでいるのも見た。それなのにやめない。声をかけても返事もしない。あの頃私は怖ろしかったぐらいである。

「あんな性格はぼくにはない」

「俺にも俺の兄貴にもないさ」叔父は苦笑した。「君のお袋と、その下の姉にあっただけだ」

「栄子叔母がそうだったそうですね」

この叔父のすぐ上の姉――つまり母の妹のことはかすかに私も憶えている。甥の口から言うのは変だが、子供心にも華やかな美しい顔の叔母だと思った。まだ小さい時、この叔母につれられてお祭を見にいったことがある。叔母は私がびっくりするほど色々な菓子を私に買ってくれた。そして家に戻ってからそのことで母と烈しい喧嘩をした。彼女は後に失恋して自殺したのである。

「屋島の断崖から飛びおりて死ぬなんて。ああいう姉に愛された男は……ちょうど道成寺の安珍のような気持だったろうな。普通の男にはつき合いきれんよ」

叔父の言う通りだと私は思う。叔母の恋人だけではない。父のような田舎者の東大生には上野音楽学校のヴァイオリン科の女生徒はまぶしく見えたにちがいないのだ。地方出身の大学生だった父が母とどのように交際をしたのか、その点はまだわからぬ。だが、この安全なアスファルト道を望んだ男にとっては結婚後、母の烈しさが耐えられなかったのだろう。後年、父は口癖のように「平凡が一番倖せだ。何も起らぬことが一番、倖せだ」と言っていた。あれは母との生活にたいする反動だったのだ。十年間、母にひきずりまわされたこの男は離婚後母との過去を忘れるためにも手がたい、地味な人生だけを求めていた。何も起らぬこと。平凡であること。そして私が文学をやろうとした時彼が依怙地なまで反対したのは自分の息子のなかに再び母の面影を見つけるのが不快だったからにちがいない。今の私には父が母を捨てた理由はわかる。私だって一人の夫としては母のような女ととても生活できぬ。にもかかわらず、私は父を憎んでいる。一生おそらく憎みつづけるだろう。

「君のお父さんはお元気かね。長いことお目にかからないが」

「元気の筈です。もっともずっと絶交していますが」

「へえ」

叔父は驚いたように口まで運んでいた盃をおいて私の顔をみた。

「どうしてだい」

私は曖昧な笑い方をして横にいる妻の顔をみる。妻も困ったようにうす笑いをしている。母とはおそらく似ても似つかぬ女。この旅行中も東京に残してきた小学生の息子に電話ばかりかけている女。父がおそらく望んだようなそんな女と結婚した私なのに、なぜその父を許せないのか自分でもよくわからない。たった一つ、わかっていることは、母にたいするどうにもならぬ私の愛着なのだ。

「父が大学時代、母に恋をした気持はわかるような気がしますが、彼女のほうはどうして、あんな男を愛したんでしょうね」

「あんな男？」叔父は自分の父親にそんな冷酷な批評を下した私をたしなめるように言った。「君のお袋は君のようなツマらぬ子供も愛したんだぜ」

「なるほど」

私は少し自分を恥じた。私は父を一人の男として突っぱね、距離をおいて理解することができる。だが母のこととなるとすぐ美化してしまう。これではどんなに材料がそろっても、彼女を小説のなかで描くことはできなかった。

「お袋、何度、恋愛したんです。叔父さんの知っている限り」

「三度かな。一度目のことはよく知らん。しかし君のお父さんのこととももう一人のことなら、幾分は知っている。一高の学生の頃だったからな」

「父との結婚を家で許さないので、家出をしたって本当ですか」

「家出は始めてじゃないさ。音楽学校に行くことを反対されると家出をしたからね。君のお袋は」

この叔父や母が育った家は岡山県笠岡町のきびしい医者だった。私の母は岡山の女学校を出ると上野音楽学校に行きたがったが、祖父も祖母も許さなかった。女学校を卒業して半年目、突然、母はその家を失踪した。そして学資を作るため東京で女中奉公をやったのだそうである。その話は母の生きていた頃、その口から聞いて知っていた。

「二番目の家出は俺の兄のところからだ。当時、君のお袋は兄貴夫婦の家に住んでいたからね。ある日突然、みえなくなった。行先はわかっていた。そこで東大生だった君のお父さんの下宿先をさがすと、そこにもう住んでいた」

「いいなあ」私は誇らしげに妻の顔をかえりみた。「自慢したいぐらいだよ。そんなお袋を」

「しかし、あれを姑にしたら……あんた苦労しましたよ」

「三番目の恋愛って……相手は誰です」

私は少し調子に乗りすぎていた。叔父の顔が暗くなった。

「言っていいかな。嫌じゃないのかね。そんな話をして」

「なぜです。母親の過去の秘密を知ることが、ですか」

「君がお袋さんに持っているイメージが崩れないかと思って。じゃあ言おう。君の父親の兄さんだ」

「え」

私は息をのんだ。この事実は、私も今日まで知らなかった。私は父の兄という人を見たことがなかった。外語学校の卒業でなんでもブラジルに渡り、アマゾンの奥地で開拓事業をやっているうちに行方不明になったことは聞いたことはあったが……。

「ブラジルに行った伯父ですか」

「そうだよ。君のお母さんもそのあとを追っかけてブラジルに行こうとしたんだぜ。しかし、やめたんだよ。色々な事情があってね」

「親父、そのことを知っていたのですか」

「知っていたよ」

平凡が一番倖せだ。何も起らないことが人間にとって一番倖せだと口癖のように言っていた父の細ながい顔と小さな小心そうな眼とがうかんだ。その言葉を今、この叔父から聞いた事件にひっかける時、何かわかるような気がする。

「親父の兄貴はどうしてブラジルに行ったんです」

「おそらく君のお父さんにすまんと思ったからだろうね。いや、それよりも、これまた清姫から逃げていった安珍の心理かもしれん。男を愛する時は、俺の姉たちはいつもそうだった。君のお袋も限界がなかった。体当りでどんな障碍《しょうがい》も越えていったろ」

「うん、だが愛された男たちはたまらないな」

私は母とすごした五年間を思いだして呟いた。父と離別して大連から神戸に引きあげた後五年間、私は母と二人で生活をした。母がそれ以後カトリックの信仰に自分の生き方を選びはじめた五年間である。彼女は私にも洗礼を受けさせた。そして毎朝どんな理由があっても朝のミサに行かせた。他の子供たちがまだ暖かな蒲団にもぐっている一月、二月の朝でも、私はまだ真暗な凍てついた道を半時間も歩いて母と一緒に早朝のミサに通ったのだった。寒い教会の中にはフランス人の司祭が一人だけミサをあげ、我々親子を除いては二人の老婆が祈っているだけだった。それは怠惰な十二歳の少年にはかなり辛い日課だったが、母は決してそれをサボることを許さなかった。

「そうさ。彼女たちのそばにいる男には、たまらなかったよ」

「でも叔父さんだって、ぼくのお袋のことを愛しているでしょう」

「ああ。今となってはなつかしいよ。やっぱり」

その夜、妻と宿屋に戻って、寝床についてから私は妻にはじめて訊ねた。

「どう思う。俺のお袋」

妻は母に会ったことはなかった。私たちが結婚する二年前に母は死んだからである。

「そうねえ。お母さまのような生き方……羨ましいけど、とてもわたしたちにはできないわ」

「どうして」

「ある人を倖せにするかもしれないけど、別の人をそれだけ傷つけるでしょう。やはりわたしにはそれが耐えられないもの」

酒を飲んだせいかまぶたの裏に赤い炎のようなものが動いている。母のなかにも赤く燃えていた炎のようなもの――どんな人でもそれにふれれば人生に痕跡を受けた。焦げて父のようにみじめな灰になる男もあれば、別の人のように自分もまた赤く燃える者もいた。

翌日、汽車のなかで私は母を主人公にした小説のことをまた考えつづけていた。しかし、それはまだ当分、書けそうもないだろう。彼女がふれた幾人かの人のことで、叔父の知らぬ人間がいる。その人たちはまだ生きている。のみならず私は小説家になる時、父から自分や家のことは絶対に書いてくれるなと言われた。その約束をした以上、たとえ父と義絶をしても書けないものがあった。

福岡から長崎にむかう海岸を汽車は走っていた。雨がふり海には白い波が泡だっていた。夏むきのバンガローが見え、防風林の松林が続いている。

「このあたり、風が強いのね」と妻は言った。「どの枝もこちら側に体をねじまげているわ」

妻の言う通り、背のひくい松の林は、その枝を海とは反対の方向に向けていた。幹も葉もどことなく白っぽく埃と砂とによごれている。雨にぬれた浜にトラックが一台とまり、二、三人の男が砂利をすくっている。

「お袋にぶつかった人たちのようだな。この松林は」

昨夜、妻が呟いたように、母は彼女の周りの人間を倖せにするか傷つけるか、した。少なくとも炎のようなもので、相手の人生の上に一つの痕跡を残した。もし彼女を、その人が知らなければ、その人の人生は別のものになっていたかもしれぬ。冬の雨をふくんだ風がこれら松の向きを変えるように母は周りの人々の人生の向きを変えた。

「とても、とても」

と私はひとり言を言って首をふった。妻と同じように私にはとてもそういう生き方は耐えられそうにない。長い間、私が人間の業とか罪とかは一人の人間がもう一人の人間の人生に決定的な方向を与えることだと考えていたがそれは自分の母の生き方を見たせいかもしれぬ。私にはそのような相手は女房、子供だけで沢山だった。小説家でありながら今日まで私が常識的な生活を好んで送るのはおそらくそのためなのだろう。

長崎で用事をすますと飛行機で大阪に向った。直接、帰京する計画を二日のばして大阪に寄る気になったのは、自分が少年時代、母とすごした家や場所を妻にも見せておきたいと思ったからである。そして三日前、叔父が私に始めて話をした母の三番目の恋人であった父の兄について今、少し知りたいと思ったからである。その子供は大阪に住んでいる。従弟でありながら私は彼とほとんど交際していない。特に父と絶交してからは、全く赤の他人のような間柄になってしまった。

私自身でさえ何年ぶりかで見る阪神地方は少年時代とはすっかり変っていた。特にひどいのは背後の六甲山脈が破壊されて白い山肌を露出しはじめていることだった。東京と同じようにここも住宅会社がブルドーザーで到る所を削っている。

私たち親子が住んだ家はまだ昔の場所に残っていた。が、ここも昔の面影は全くない。空地だった場所には同じ恰好をした公団住宅がならび、あの頃あった松林は切り倒されてそこにはマーケットやパチンコ屋や医院が並んでいた。変っていないのは道だけだった。

「この道を通って、毎朝」と私は妻に説明した。「教会に行かされたもんさ」

母は私が起きる一時間前に起き、身じまいを終えると自分の部屋でロザリオの祈りをやっていた。私の寝室から母の部屋の窓に暗い灯がともり彼女が祈っている影がみえた。私は溜息をつきのろのろと服に着かえそれから下におりていく。冬など、朝というよりはまだ夜そのものの外に出ると、道は霜で凍っている。カトリックの教会はそこから歩いて三十分の場所にある。母は道の途中、ほとんどものを言わぬ。祈っているのだ。私は眠さと闘いながらやっとたどりついた教会の中でじっとしている。時々、居眠りをすると母の固い肱が私を突っつく。フランス人の司祭が祭壇にかがみこむ影が蠟燭の光に照らされて壁にうつる。日曜日はそれでもかなりの信者の集まるこの内陣のなかで、ミサにあずかっているのは私たち二人の他は、司祭の身の周りの世話をする二人の老婆だけだった。

「辛かったでしょう」と妻は微笑しながら私に言った。

「そんなに早く起きるのは。今のあなたから想像もできないわ」

「かなりこたえたぜ」

しかし可笑《おか》しな話だがその頃私にも今とちがった素直な信仰があり、将来、司祭になろうかなどと本気で考えたものである。勿論、それは少年時代の一時的な興奮か感傷かにすぎなかったが、少なくとも当時、母はこの世界で一番高いものは何にもまして聖なる世界であると吹きこもうとしていた。むかし男たちで充たされなかった愛を今、神にむけだした母は宗教音楽の勉強を手さぐりでやっていた。カトリックの幾つかの女学校で音楽を教えている彼女はどうにか生活には困らなかったが、力を学校よりはグレゴリアン聖歌の勉強に捧げたのである。時々、私をつれて大阪や神戸で開かれる音楽会を聞きにいった。その帰り道、いつも蔑むように母は言った。「あんなのテクニックだけだよ。一番大事なことがわかっていないんだね。あの人たちは」彼女が一番尊敬している音楽家といえば、音楽学校時代に教えてもらった幸田露伴の妹の安藤幸《こう》という人だけだった。

「見ろよ」私は、近所の家のなかからもう古びてしまった幾つかの家を指さして妻に言った。「信じられんかもしれんが、あの家もこの家もお袋がみな基督教信者にさせた家なんだよ」

私たちがここに住んだ時、このあたりにはまだ二十軒ほどの家しかなかった。ここから神戸や大阪に行く中流サラリーマンの家である。その細君たちは始めは、毎朝、早くから起きて教会に出かけていく親子を訝《いぶか》しげな眼と好奇心との眼で眺めていた。やがて一人の母親が娘をつれてきて、ヴァイオリンを教えてほしいと頼みにきた。それから、次々と交渉がはじまった。やがて彼女たちは母と教会に行くようになり二年、三年の後に洗礼をうけだした。妻の次にその夫たちのなかで司祭に紹介してくれるように言うものがでてきた。言うまでもなく、それは、容易《やさ》しくはいかず、母は彼等に基督教を伝えるために必死に飛びまわったのである。母が死んだ時、これらの人の中には、わざわざ東京まで出てきてくれる者もあり、そして葬式がすんで墓地までいく親類の行列のなかにその人たちもいつまでも加わっていた。

「この人たちのうち三人はもう死んでしまったな」

「じゃあ、お墓まいりをなさいよ」と妻は言った。「あなた、子供の時、その人たちにもお世話になったんでしょう」

カトリック墓地は私があの頃通った教会の隣接地にある。私は妻の言うことはもっともだと思った。三十年前、文字通り朝の明星を背にいただきながら私たち親子がたどった道はもう両側にぎっしり住宅が並んでいたが、フランス人の司祭が一人、孤独な影をかがめながらミサをたてていた教会も墓地も昔のままに残っている。母は私が東京のカトリック墓地に埋めたために、その墓はここにないが、そのフランス人の司祭も、母によって教会につれていかれた三人の人たちもここで眠っているのである。

墓地の真中にはあまり良くないルルドの聖母像があり、それを中心にして木と石の墓標が並んでいた。小さなつむじ風が墓地の隅でくるくるとまわり埃を舞いあげていた。私はまず、フランス人の司祭の墓で手を合わせ、それからUさん夫婦とKさんの墓の前にたった。

「ここの御主人は父親のように可愛がってくれたんだ」

「そうですか」

山下汽船の社員だったUさんの墓には、ペテロ、という洗礼名がきざまれている。始めは彼の妻が教会に行くことさえ烈しく怒った人である。だがやがて妻が洗礼を受け、私の母と一緒に日曜のミサにつれだっていくようになると、時々、Uさんも一緒についてくるようになったのだ。五年前、この夫婦は次々と死んだが、妻を亡くした彼に送った私の手紙に、Uさんはこんな返事をくれた。「もし、あなたの御母堂が近所に住んでおられなかったら、私も家内も別の人生を歩いたことでしょう」

黒ずんだ花崗岩の墓を見ながら急にその手紙の言葉が思いだされてくる。一昨日みた海岸の防風林。風にねじまげられ枝の向きをこちらにかえた松林。母はUさん夫婦やKさんだけではなく、ここの多くの人たちの人生の方向を変えた。私も信じている基督《キリスト》にその顔を向けさせた。そして彼等の子供のなかには神学生になってヨーロッパに留学したものもあれば、トラピスト修道院の修道女になった人もいるのだ。（私は妻以外たった一人に対してもそんな大それたことはできなかった）

その午後父の兄の遺族を訪れることにした。

「急にたずねたりして、嫌な感じを受けないかしら」

と妻は心配したが、私は首をふって、

「仕方ないさ。ただ俺はお袋が他人に与えた痕跡をどうしても見たいんだよ」

ホテルから私は伯父の息子の耕一に電話をした。耕一などと気やすく言ったが、本当は耕一さんと呼ぶべきであろう。だがこの従弟には血縁にたいする親しみも懐かしさもない。全くといってよいほど会ったことがないからだ。

「なぜ、そんなことになったんですか」

「なぜって。つまり、親父は昔から何となくあの家族には疎遠にしていたからね。何となくじゃない。俺にも今、やっと理由がわかったんだが……」

受話器に出てきたのは耕一さんではなくその細君だった。かすれた声から私は顔色が蒼黒《あおぐろ》くて首によごれた包帯を巻いているような女を想像した。

「病院に入院しとりますねん」

「病院ですか」

「それが胸を悪うしましたんや。あんた」

住所を聞き、果物籠を妻に買わせて大阪の南端まで出かけた。夕方ちかい奈良街道に西陽があたりトラックや自家用車が一寸きざみで、私をいらいらさせた。こんなことは珍しいのだとタクシーの運転手はしきりに弁解をした。

壁のうすよごれた私立病院の二階に耕一さんは入院していた。外の道路から子供たちの歌う声がきこえる。突然たずねた私にびっくりしてこの従弟はむくんだ茶色い顔をあげ、いくら寝ていてくれと頼んでも、寝台の上で恐縮していた。時々、大阪に来られまっかと彼はひくい声でたずねた。私は受話器で聞いた彼の細君のかすれた、つやのない声を思いだし、いや滅多に来ませんよと答えると耕一さんは黙ったまま、こっちの持参した果物籠を見つめていた。

「伯父さん、亡くなられてから、もう何年になりますかなあ」

「三十年になります」

「じゃあ、耕一さん、まだ小さい時だね。遺体は結局、見つからなかったのですか」

「駄目でしてん。酒のんで原始林に入ったんやから」

伯父は周りの者がいくらとめても酒をやめなかった。耕一さんの話だとその酒も上質のものではなく、晩年は原地人の飲む強い地酒をあおっていたため、すっかり胃をやられていたそうである。そしてその日も酔って原始林に入ってしまった。道をまよったのはそのためだろう。彼は一度も日本に戻らず、戻りたくないと言いつづけていたそうである。

「お袋がいくら日本に戻ろ、言うても嫌だと頑張りましてん」

私はそっと耕一さんの黄ばんだ顔をうかがった。しかしその表情には格別な変化はない。耕一さんは自分の父と、私の母との事件を知らないらしかった。なぜなら伯父はむこうに行ってから、当時サンパウロの日本人料理店の女中をやっていた伯母と結婚したからである。

お大事に、と言って、暗くなった病室を出た。寝台の上に正座した耕一さんは両手を膝の上においてホッとしたように細い首をまげた。出会いがしらに食事を病室にくばっている看護婦にぶつかりそうになった。

何もそうだと言う確証があるわけではない。しかしクレゾールの臭いのする陽の翳った階段をおりながら私は母が不幸にした一人の男の顔を想像した。男はブラジルで酒をのみ、弟夫婦のいる日本にどうしても帰るまいと言った。そして原始林のなかで行方不明になった。もちろん、それは母のせいではないかもしれぬ。しかしそうだと言う証拠もないように、そうでないと言う証拠もない。たとえそうでなくても母がいなければ伯父はブラジルなどに行かなかったであろう、幸福な結婚をして静かな晩年を送っていたかもしれないのだ。そしてその子供も耕一さんのように破産しかかった飲食店などをやらずちゃんと大学を出て、まともなサラリーマンになっていたかもしれぬ。風はこの一本の樹をもねじまげ、その枝をある方向に向けさせた。屋島の断崖から飛びおりた栄子叔母の男は今どういう風に生きてるのだろう。母はそんな女の姉である。その母のような女に体あたりで愛された伯父が、何の痕跡も心に受けなかったとはとても考えられぬ。

翌日は日曜日。私たち夫婦はあの教会にミサをあずかりに行った。妻の眼から見れば、ゴシック式を真似た尖塔や十字架のあるこの平凡な教会は、しかし、私の少年時代の思い出が壁にも庭の夾竹桃《きょうちくとう》にもしみこんでいるのだ。私が冬の朝、寒さにかじかんだ手に息をかけながら押した聖堂の扉も当時のままだし、母にかくれるようにして居眠りをしていた祈禱席もそのままである。ちがっているのは、あの時、やせた鳥のような影を壁にうつし祭壇にかがみこんでいたフランス人の司祭の代りに、日本人の若い神父がミサをあげていることだった。そして席をいっぱい埋めた信者たちの群れ。私の知らぬ顔、私を知らぬ顔、学生や娘たちが、母の好きだったグレゴリアン聖歌を歌っている。子供をつれたサラリーマン夫婦たち。自衛隊の制服をきた隊員までそのなかにまじっている。私は知っている人の背中を探そうとする。

知っている人たちはたしかにそこにいたのだが、こちらは迂闊にも自分が年をとったと同じように、その人たちも老人になり老婆になったということを少し忘れていたようである。彼等が聖体を拝受して眼をふせながら自分の席に戻ってくる時、私はやっとそれがTさんであり、Nさんであり、Nさんの奥さんであることに気がついた。いずれもあの頃は、今の自分よりもっと若い人たちばかりだったのである。そして彼等を最初にこの教会につれていったのは、他ならぬ母だったのだ。

「ああ」

Nさんの奥さんはミサのあと、自分の前にたった私を見あげると、皺の多い顔を笑いでゆがめた。私の周りにはTさんやNさんやKさんがすぐとりかこみ、肩を叩いてくれたり手をさしのべたりしてくれた。

「テレビみんな見てますねん。あんたの出るテレビはいつでも見てますのやで」Nさんの奥さんは顔を赤くしている私の手を握ったまま、皆にきこえるように大声で言った。

「テレビに出られるようになるまでお母さんが生きてはったらねえ、ほんまにテレビにも出られるぐらいになったんやから」

その私を、コーラスを歌っていた学生や娘たちがニヤニヤしながら遠くから眺めていた。私はTさんやNさんの老いた顔のなかに、そのふくらんだ眼《ま》ぶたや皺のよった頬に、母の残した痕跡を見つけようとした。これらの人の心に基督の光を導き入れたものはほかならぬ母であった。だが彼女は生きている時、同時に自分がいなかったら、みじめにならなかった別の人間たちのことをどう考えただろうかと私は考えた。

帰京してから半月ほどたって、渋谷を車で通りすぎていた。上通《かみとお》りのあたりに来るとフロントガラスを細かい雨が濡らしはじめ、スリップをおそれて私は速度をおとし、ゆっくりと道玄坂をおりはじめた。中折帽をかむった一人の老人が、霧雨のなかでタクシーをむなしく探していた。父だった。絶交してから話をしたいとも顔をみたいとも一度も思ったことはなかったが、その五年間にひどく痩せ、肩のあたりがうすくなったように思えた。胸の底から憐憫の情が一時にこみあげてきた。(憐憫以外に私はどんな感情も感じなかった)だがその感情を押し潰すように私はアクセルを強く踏んだ。車は歩道の縁に立っている父の横を通りぬけ、一瞬、中折帽をかむったその体が間近にみえたが、すぐ消えてしまった。

影法師

この手紙を本当に出すのかどうかわかりません。今日まで僕は貴方《あなた》へ三度ほど手紙を書いたことがある。しかし途中でやめたり、書き終えても机の引出しに入れたまま、結局、出さずじまいだった。

だがその毎度、筆を動かしながら、これは貴方にむかって書いている手紙ではない、事実は自分に宛てた手紙ではないか、自分の不安を鎮め、自分の心を納得させるためのものではないかと思うことがありました。結局、手紙を出さずじまいだったのも、書いたところで無意味な気がしたり、心の底がどうしても充たされなかったためでしょう。だが、今は少し違う。今は完全とは言えぬが、僕のなかには貴方が起したあの事件についてもやっと心を納得させるものが少しずつ生れているような気がするのです。

だが何から語りはじめればよいのか。少年時代、日本に来たばかりの貴方に会った思い出からしゃべればいいのか。それとも母が死んだ日、貴方が駆けつけた僕のために玄関の扉をあけて「駄目でした」と首をふられた時から語ればいいのか。

実は昨日、貴方に会ったのです。もちろん貴方は僕がそこにいたことも、自分が見られていることも御存知なかった。貴方はテーブルにつき、一皿の食事が運ばれるまで、古い黒い鞄から（その鞄には僕は記憶がありました）本をとりだして読みはじめていた。その姿は昔、貴方が司祭だった時、食事の前に聖務日禱《にっとう》の本をとり出して開いておられた姿を思い出させました。渋谷の小さなレストランですが、霧雨が降って、曇った硝子窓のむこうに歩道を歩く人間たちの姿がまるで水族館の魚のように見えた。僕はそこでスポーツ新聞をひろげながら、片手でライスカレーのスプーンを口に運んでいました。僕の好きな大洋の選手がトレードに出るというニュースがその一面に大きく出ていたからです。その下に友人の連載小説が掲載されていました。

ふと顔をあげると隅で、黒服を着た外人が背中をこちらにむけて着席しようとしていた。びっくりしました。六年ぶりで見る貴方だったからです。そして我々二人の席は二十米《メートル》ぐらい離れていて、その間に四、五人の会社員が同じテーブルを囲んでハンバーグ・ステーキを食べていました。「フロントギヤーは使いにくくて仕方がないね」「いや、そんなもんじゃないよ」彼等のそんな声が耳に届きました。その一人のはげあがった額に十円銅貨ほどの赤黒いアザがありました。

貴方は水を入れたコップを運んできた若い給仕に愛想よい笑顔でメニューの一部を指さし、給仕がうなずいて離れると膝の上においた黒い古い鞄から英語の本をとりだして読みはじめた。英語かどうかわかりません。とに角、横文字の本です。（老けたなあ）と思いました。（老けこんだなあ）こんなことを言っては宣教師だった貴方に失礼かもしれぬが、貴方は若い頃非常に美男子だった。初めてあの神戸の病院で貴方に会った頃、少年のくせに僕は貴方の彫刻のような彫りのふかい顔や葡萄色の澄んだ眼をみて、つくづく、男前やなアと思ったのを憶えていいます。その顔が、今、老いで蝕まれ、栗色の髪がうすくなり（もっとも僕のそれもかなり乏しくなりましたが）そして眼の下が、何かセルロイドの一片でもはさんだようにふくらみ赤くなっていました。僕はその顔のなかに、あの事件を起してからの、貴方の孤独を嗅ぎとろうとしました。それにこの異郷のなかで妻子をかかえて、稼がねばならぬ貴方の苦労や、友人もなく助ける者も失ってしまった貴方の辛さを確かめようとしました。

立ちあがって、そばに寄り、やあ、しばらくと言いたかったが言えなかった僕は椅子に坐ったまま、興信所の所員のように新聞で顔をかくしながら貴方を観察していた。たしかに好奇心が働いていました。小説家としての興味も手伝っていました。しかし、それだけではない。心のなかに何か引きとめる大きな力があってそれが貴方のところまで行かせなかったのです。その引きとめた力に似たものを今からこの手紙で書きます。とに角、こっちは貴方をそっと窺っていた。やがて給仕が一皿の料理を貴方のところに運んできた。貴方はさっきと同じように笑顔でうなずき、それから、ハンカチをナプキン代りに胸にぶらさげた。こっちはまだじっと観察している。そして貴方は椅子をきちんと引いて姿勢をただすと指を胸まであげ、皆にみられぬくらいの速さで十字を切った。僕はその時、言い知れぬ感動をおぼえました。（そうか）そんな感動でした。（やっぱりそうだったのか）

僕を貴方のテーブルに行かせるのを、とどめた力――それを説明するのはむつかしい。言いかえればそれは僕の人生を形成した重要な流れの一つだからです。今日までその流れに手を入れて小説家として僕は色々な小説を書いてきました。自分の河床に沈澱したものを拾いあげ、その塵埃《じんあい》を洗い除き、それを組みたてる。その中にはまだ拾いあげていない重要なものがあります。貴方が見たことのない僕の父、貴方が生涯、色々と面倒をみて下さった僕の母、それをまだ小説に書いてはいない。そして貴方自身にも僕は手をつけなかった。いや、嘘だ。僕はあなたのことを、小説家になってから三度、人にわからぬように変形させて書いています。貴方は、あの事件以来、僕にとって長い間、文字通り重要な作中人物でした。重要な作中人物なのに貴方を書いた小説はほとんど失敗してきた。理由はわかっている。それは僕がまだ貴方をしっかり摑めていなかったからだ。しかし失敗をつづけたにかかわらず、貴方は僕の心の世界にひっかかるのを決してやめなかった。払いのければどんなに楽だったか。しかし、僕にとって母や貴方をどうして払いのけることができましょう。

この河を時折ふりかえる時、どうしても、僕が洗礼を受けさせられたあの阪神の小さな教会が心に浮ぶ。今でもそのままに残っている小さな小さなカトリック教会。贋ゴシックの尖塔と金色の十字架と夾竹桃の樹のある庭。あれは、貴方も御存知のように僕の母がその烈しい性格のため父と別れて僕をつれて満洲大連から帰国し、彼女の姉をたよって阪神に住んだ頃です。その姉が熱心な信者でしたし、母は孤独な心を姉の奨めるままに信仰で癒しはじめていました。そして僕も必然的に伯母や母につれられて、その教会に出かけたのでした。フランス人の司祭が一人、その教会をあずかっていました。やがて戦争が烈しくなるとこのピレネー生れの司祭はある日、踏みこんできた二人の憲兵に連れていかれました。スパイの嫌疑を受けたのです。

だが、それはずっとあとのことだ。中国では戦争が始まっていましたが、時代は日本カトリック教会にとってまだそんなに苦しくなかった。クリスマスになれば、深夜、ハレルヤの鐘を高らかに鳴らすことができましたし、復活祭の日は花が門にも扉にも飾られ、外人の娘たちのように白いヴェールをかぶった女の子を近所の悪童たちが羨ましそうに眺め、僕たちは大得意でした。その復活祭にフランス人の司祭が十人の子供たちを一列にならべ一人一人に「あなたは基督を信じますか」とたずねました。すると一人一人が「信じます」と鸚鵡《おうむ》返しに答えたのでした。僕もその一人だった。他の子供たちの口調をまねて僕も「はい、信じます」と大声で叫びました。

夏休み、教会では神学生がよく子供たちに紙芝居をみせてくれました。六甲山にハイキングにもつれていってくれた。その神学生が帰郷すると、僕らはよく庭でキャッチボールをしたものです。球がそれて窓硝子にぶつかると、フランス人の司祭が満面朱をそそいだ顔を窓から出して怒鳴りました。父に別れた母は暗い表情で伯母と何かを相談していましたし、僕にとっては決して仕合せだとはいえなかった毎日でしたが、それでも大連にいた頃にくらべれば両親の争いのなかで一人苦しむ必要はなく、まず秩序のあった時だと思います。

その教会に時折、一人の老外人がやって来るのでした。信者たちの集まらぬ時間を選んで司祭館にそっと入る彼を僕は野球をしながら見て知っていました。「あれは誰」伯母や母に訊ねましたが、彼女たちはなぜか眼をそらせ黙っていました。しかし足を曳きずるように歩くこの男のことを僕は仲間から教えてもらいました。「あいつ、追い出されたんやで」神父のくせに日本人の女性と結婚し、教会から追放された彼のことを信者たちは決して口には出さず、まるでその名を口に出しただけで自分の信仰が穢《けが》れると言うように口をつぐんだものです。そっと会ってやるのは、あのピレネー生れのフランス人司祭だけだった。僕自身と言えば、そんなこの老人を怖ろしいような、そのくせ好奇心と快感との入りまじった感情でそっと窺っていたものです。幼年の頃、大連で育った僕は、あの植民地の町で故国を追われた白系ロシヤ人の年寄りたちを幾人か見ましたが、その一人でロシヤパンを日本人街に売りにくる老人の顔がこの男のそれに重なりました。どちらも、古びたと言うよりはこわれた、、、、と言った方が感じの出る外套を着て、首に手編みの大きな襟巻をまき、リューマチの足を曳きずるようにして、時々、よごれた大きなハンカチで鼻をかむ仕種までそっくりだったからです。が、今思えば、彼等が持っていたあの孤独な翳には、それまで自分たちの芯の芯まで支えていたものから追放されたものが等しくあったのです。

あれは夏休みの夕暮でした。僕は路を歩いていました。おそらく野球でもやりにいくつもりだったのでしょう。夕暮の光が強く照りつけた教会の門前で僕は突然、この老人にぶつかりそうになりました。こちらは彼がそこから出てくるとは少しも考えていなかった。びっくりして立ちどまり、体を石のように固くしている僕に、この老人は何か言葉をかけました。何を言っているのかわからなかった。ただ気持が悪く、怖ろしいという気持でいっぱいでした。僕は首をふり、急いで、聖堂にのぼる石段を駆けあがろうとしました。と、大きな手が僕の肩にかかりました。「心配はいらない」とか「こわがることはありません」と老人は片言の日本語でそんな意味のことを言っていたのです。彼の息が臭かった。こっちは必死で逃げました。ただ哀しそうに僕をその時、見つめた相手の葡萄色の眼だけがわかりました。家に戻ってから母にこの出来事を話しましたが、黙っていました。そして二、三日もたつと、勿論、僕もそのことを忘れてしまいました。

ふしぎなのはその出来事があってから一カ月して貴方が僕の人生に姿を見せたのです。その偶然が今、僕にはまるで自分の人生の河にとって大きな意味があるもののように思えてなりません。一年前ある長い小説を書きながら、屢々《しばしば》、僕はこの偶然を考えました。その小説のなかで僕はくたびれ、疲れ果て、そして磨滅して凹《へこ》んだ踏絵の基督の顔と、西洋の宗教画に出てくるような静謐と浄らかさと情熱に充ちた基督の顔とを主人公のなかに対比させました。その時、イメージとして心に思いうかべていたのは、あの頃の貴方の顔とあの追放された老人の顔でした。

僕がその年の秋、盲腸炎にかかって灘《なだ》の聖愛病院に入院した時、手術後の抜糸がすんで、伯母と母とからお粥を食べさせてもらっていた僕の病室に突然、貴方は入ってきた。母たちはびっくりして立ちあがりました。いわゆる神父さまが入ってきたから驚いたのではない。それまで僕らの見た司祭は、あの教会の司祭といい、そのほかの神父たちといい、痩せこけて度の強く厚い眼鏡をかけたような人たちばかりでした。特に日本人の神父ときたら、日本人か二世かわからぬ恰好にみえました。その時、扉をあけてあらわれた貴方は全くちがっていた。がっしりとした体を真白なローマン・カラーのついた手入れの行き届いた黒服につつみ、栄養のいい顔に紳士的な微笑をうかべた貴方は、僕ら三人の日本人をどぎまぎさせるに充分でした。貴方は丁寧に伯母と母とに挨拶をすると、箸と茶碗を手に持ったまま体を石のように固くしている僕を見おろしました。貴方の日本語はかなり流暢だった。こっちは額に汗をかきながら懸命に答えたのです。「はい、もう元気です」「いえ、寂しくありません」と。そして貴方が出ていったあと、僕が「男前やなあ」と叫ぶと、母もふかい溜息をつきました。「惜しいわねえ。あんな人が結婚もしないで神父になるなんて」、それから伯母がその母の失言を怒りはじめました。

しかし母はひどく貴方に興味を持ったようでした。病室を訪れると、必ず貴方がもう来たかどうかを僕にたずねました。

「うるせえな、知らねえや」

僕は何か不快な感じがして、わざと下品な言葉遣いをしたものです。しかし女としての好奇心から、母は貴方がスペインの士官学校を出た軍人だったこと、後に考えるところあって軍人をやめ司祭の道をえらび、神学校に入ったことや、日本に来てから、加古川の修道院に一年もいたことなどを聞きこんできました。

「あの人は普通の神父さんと違うのよ。学者の家に生れたんですよ。ああいう立派な息子を持ったお母さんは本当に仕合せだろうな」

母は僕を励ますようにそう言いましたが、こっちは子供心にもそれが息子に言いきかせている言葉ではないのを感じていました。

退院してからも母は僕をつれて、たびたびこの病院をたずねました。彼女は普通の神父たちの話には飽き足りなかったのです。洗礼こそ受けていましたが、きつい性格を持っている彼女には自分の眼の前に突然あらわれた貴方から、渇えていたものを充たされると思えたのでしょう。小心で安全な人生のアスファルト道を歩きたかった父にはこんな母の生き方が耐えられなかったのです。姉にすすめられ、一時の孤独をまぎらわすため通いだした基督教が、今は母にとって本当のものになりはじめました。彼女は阪神の幾つかの学校で音楽を教えるかたわら、次々と貴方が貸してくれる本をむさぼるように読みだしました。そしてその頃から彼女の生活が一変しました。まるで修道女と同じようにきびしい祈りの生活を自分に課し僕にも課したのです。毎朝、僕をつれてミサに行き、暇さえあればロザリオをくっていました。彼女は僕まで貴方のような司祭に育てることさえ考えはじめていたようです。

ここでは僕は貴方と母との精神的な交渉は書かないつもりです。しかし、二年後、貴方は私の伯母や母の指導司祭として家に土曜日ごと訪れるようになりました。伯母の友人や教会の信者たちも集まってきました。今だから白状しますが、僕には貴方が来られるその日はかなり苦痛でした。母はいつもより僕に更にきびしく、手を洗わせ、散髪に行かせ「神父さまがいらしったら、きちんとして頂戴」と厳命するからでした。いや、それよりも大人たちにまじって、貴方の話をきいても何が僕にわかったでしょう。緊張しているせいか、それに疲れやすい体質のせいか（子供の頃から僕が体の弱かったことは、貴方もよくご存知です）僕は母のそばで睡魔と闘うだけでいっぱいでした。旧約聖書も新約聖書も基督もモーゼもどうでもいい。膝を自分でつねり、他のことを考え、退屈と次第に重くなってくるまぶたと闘うだけで、こっちは精一杯だったのです。母が怖ろしい眼で僕を睨む。それがこわさに、やっと一時間をどうにか眠らずに防ぎきることができるのでした。

夏の朝ならとも角、冬の朝だって母は僕が教会に行くことを怠るのを許しませんでした。五時半。まだ暗闇が空の大半にひっかかり、どの家も眠りこけている時に、黙って祈りながら歩いている彼女のうしろから僕は手を息で暖めながら霜で凍った路を歩いて教会に通ったものです。例のフランス人の司祭が祭壇の暗い灯のそばで、両手を合わせたり、体をかがめたりして一人でミサを唱え、その影が壁にうつり、冷えきった聖堂のなかで跪《ひざまず》いているのは、二人の老婆と僕たち親子だけでした。祈るようなふりをして僕が居眠りをすると、母がこわい顔をして睨むのでした。

「そんなことで、神父さまのようになれると思うの」

神父さまとは貴方のことでした。貴方が彼女にとって、僕の未来の理想像であり、そうならねばならぬ人間像になったのです。必然的に僕は貴方に反撥し、貴方の清潔な服装、手入れの行き届いた顔や指がイヤになりました。貴方の自信ありげな微笑や、学識や信仰がイヤになりました。憶えておられますか。あの頃から僕の学校の成績が次第に落ちはじめたことを。僕はその頃、中学校二年でしたが、意識的に怠惰なだらしない少年になろうとしはじめたのです。なぜなら怠惰でだらしない人間とはまさしく貴方の反対の人間でしたから。貴方のように自分の信仰や生き方に深い信念と自信をもって生きる男に息子を仕立てようとする母にたいする反抗から、僕はわざと勉強を怠りできるだけ劣等生になろうとしました。もちろん、母の手前、勉強机にむかうふりをしても、僕は何もしなかったのです。

あの頃、僕は一匹の犬を飼っていました。近所の鰻屋でもらった雑種犬でした。兄弟もなく、また両親の複雑な別居から、本当に哀しみをわかちあう友だちも持てなかった僕は、こののろまな犬を非常に可愛がっていました。今でも僕の小説にはしばしば犬や小鳥が登場しますが、それはたんなる装飾ではありません。あの頃、僕にとっては、あまり人には言えぬ少年の孤独をわかってくれるような気がしたのはこの雑種の犬だけでした。今日でも、犬のうるんだ悲しげな眼をみると、僕はなぜか基督の眼を思いうかべます。もちろん、その基督とは、昔の貴方のように自分の生き方に自信をもっていた基督ではありません。人々に踏まれながらその足の下からじっと人間をみつめている疲れ果てた踏絵の基督です。

例によって成績が悪くなったことに母は怒りだしました。彼女から貴方は相談をうけたらしい。貴方は、母親に心配をかけぬように勉強をすべきであると、僕に少しきびしい顔をして忠告をしました。こっちは、(何を言ってやがる、西洋人のくせに)と心の中で呟いていました。そして忠告したのが貴方だというそれだけの理由から益々、怠惰をきめこみました。貴方は西洋の家庭では子供にもう少し罰を与えている、努力することを怠った少年にはそれだけの罰が与えられねばならぬと、ある日、伯母と母とに教えたようでした。そして三学期に相も変らず成績の悪かった僕を罰するため、犬を棄てることを母に命じたわけです。

あの時の辛さは今でもはっきり憶えています。僕は勿論、その言いつけを聞こうとしませんでした。そして学校から帰ってみると、わが愛犬はもう姿を消していました。母は近所の小僧に頼んで、犬をどこかに連れていかせたのです。このことはもう貴方もきっと憶えておられないでしょう。貴方にとっては犬は勉強にたいする僕の集中力をそらす障碍にしか見えなかったでしょうし、犬を棄てることは、僕のため良かれかしという気持から出たのですから。今は僕は勿論、あのことを恨んでなどいません。だが、そんな些細な思い出をここにとりあげたのは一つには、あれがいかにも貴方らしい行為だったように見えるからです。弱さ、怠惰、だらしなさ、そういうものを貴方は自分のなかにも他人のなかにも一番嫌っていました。おそらくそれは貴方の家庭がそうだったからでしょう。あるいは軍人教育を受けたという貴方の教育がそうさせたのかもしれません。「人間は強くならねばならぬ。努力せねばならぬ。生活でも信仰でも自分を鍛えねばならぬ」貴方はそう口には出して言いませんでしたが、実生活でそれを自分で実践していました。貴方がどんなに活動的に布教という仕事にとりくまれたか、自分の神学研究を怠らなかったか、誰だって知っています。非難の余地は少しもなかった。誰もが貴方を（母と同じように）立派な方だと尊敬した。たった一人、僕だけが子供心にもその非難の余地のない貴方に苦しみはじめたのでした。

僕にとって不幸なことには、その頃、貴方は新しい仕事をやることになった。基督教の学生や生徒のための寮が御影《みかげ》の高台にできて、聖愛病院の専任神父だった貴方がこの寮の指導司祭になったことです。「こういう仕事はあんまり向かないですが」いつものように聖書講義に集まった人たちの前で貴方は困ったような顔をしていました。「しかし、上からの命令で引きうけなければなりませんね」そのくせ、貴方はこの仕事に興味を持っているようでした。母はその帰り道に、僕にその寄宿舎に入ってみる気持はないかと急に言いだしました。母としては少しでも貴方のそばで僕が生活すれば、落ちた成績も元通りになり、信仰的にも向上するのではないかと考えたのです。

こちらは幾度も厭だと言いましたが貴方も御存知だったきつい母の性格です。その年また馨《かんば》しくない通信簿をもらって帰った僕は、遂に貴方が舎監になって半年目のあの寄宿舎に入れられました。

厳格な寄宿舎でした。おそらく貴方が当時、模範としたのは西洋の神学校の寄宿舎か、士官学校の寮ではなかったのですか。言いわけをするのではありませんが、僕だってあの頃、努力をしたのだ。しかし、万事が裏目裏目とでた。貴方が僕に「よかれかし」と思うことがそうは思えなかった。僕が悪意でなくやったことも、貴方には僕の弱さに見えた。貴方は僕を「母のために」鍛えなおし、叩きなおそうとした。その槌《つち》が僕をやがては潰してしまうことに気がつかなかった。

色々なその出来事を一つ一つ書いていてもきりがありません。こんなことがあったのを憶えておられますか。寮生は（と言っても大半は専門学校以上の学生で、まだ中学生なのは僕ともう一人のNという男でした）朝六時に起きてミサにあずかったあと、朝食まで貴方を中心にして裏の山路を駆け足で走るのが日課の一つでしたが、僕にはとてもそれが耐えられなかった。軍隊できたえた貴方や大学生の他の寮生にはそんなことは何でもなかったでしょう。しかし幼い時から気管支の弱い僕はたちまちにして息切れがし、眼がくらむのでした。走ったあとは脂汗が額にういて食欲もすっかりなくなり、時には軽い脳貧血になったことがあります。僕はその駆け足をたくみにさぼるようにした。やがてそれが貴方にみつかった。貴方は同じ中学生のNだってやることを僕ができぬ筈はないと言いました。だが、体の強い貴方には体の弱い者がどんなにああいう訓練に弱いかがわからなかったのです。「体を強くするために駆け足をみな、するだろう。君はその努力をしないのだ」それが貴方の言い分でした。貴方にとって僕は団体訓練を厭がる身勝手な少年にみえたのです。

それぞれ学校に出かけ、その学校から戻ると、晩飯のあと貴方の講話がありました。僕はしばしば居眠りをしました。あとでチャペルで夜の祈りをする時も居眠りをしました。虚弱な体質でしたから、昼間、中学の授業や軍事教練でいい加減つかれているのに、更にむつかしい神学の話を聞かされて何がわかったでしょう。

そんなある夜、皆が貴方の神学講義を聴き、例によって僕が舟を漕ぎはじめました。一番隅にいたにかかわらず、軽い鼾《いびき》でもたてていたのでしょう。貴方は僕の居眠りに気がつき話を突然やめた。横にいたNがそっと僕の脇腹をつつき、こちらはびっくりして眼をあけた。恥ずかしいことに涎が口もとから垂れ上着をぬらしていました。皆は初めは笑いだしましたが、貴方のきびしい表情にぶつかると急に黙りこみました。

突然、貴方は片手をあげ、

「出ていけ」

大声の日本語で叫びました。貴方がそんなに顔を真赤にして怒鳴ったのは初めてでした。僕も、平生は伯母や母やその他の信者に紳士的な微笑をみせる貴方が、こんなに怒りに顔を歪ませたのを見たのは初めてでした。居眠りをしたのを怒ったのではない。彼が万事につけて体の弱さを口実にして寮生活をきちんと守らぬことを怒ったのだと、あとになって貴方は母に説明しました。確かにそうでしょう。僕が何かにつけて寮の日課を守れなかった生徒だったことを認めます。貴方の言うように頑張りの足りなかったことも認めます。しかし、僕が肉体的に貴方の理想とする生活に耐えられなかったことも真実なのです。今は僕はあの頃の自分を弁解しているのではない。ただ貴方の善意や意志が、強者にたいしては効果があっても弱者にたいしては時として苛酷であり、稔りをもたらすよりは無意味な傷つけ方をしたと言いたいのです。

結局、十カ月もしないうちに、僕は貴方の寄宿舎を出て母の家に戻りました。それでも母はさすがに女親で、だらしのない息子になお何か長所と美点をみつけようと懸命でしたが、貴方は僕に失望と軽蔑とをその頃からすっかり持ったようです。もっとも貴方の僕にたいする態度は昔と違うところがありませんでしたが、僕にたいして話しかけるということは次第に少なくなっていきました。こうして母が僕にいだいていた夢——貴方のような司祭にならせようという夢はすっかり、つぶれてしまいました。

ここまで書いた部分を読みかえしてみて、貴方が誤解をされぬかと心配です。僕は決して貴方が我々親子によせて下さった厚情を忘れているのではありません。それどころか、貴方という方がおられればこそ、母も離婚後の突きつめた思いから救われ、死ぬまで心を支えた基督教に入れるようになったのだと思っています。そしてその死に至るまで何かにつけて母を助けて下さった貴方へ感謝の気持を僕はいつも持っています。

ただ、言いたいことは別なのです。人間にもし、強者と弱者があるとするなら、あの頃の貴方は本当に強い人だった。そして僕は意気地なしの弱虫だった。貴方は自分の生き方、自分の信仰、自分の肉体すべてに自信を持っており、確固とした信念で日本の布教をやっておられた。それにたいし、僕は今日に至るまで一度として自分のすべてに自信も信念も所有できなかった男だった。こう申せば、おそらく今の貴方ならもう全てを理解して下さるだろう。しかし昔の貴方なら断乎として首をふられたでしょう。首をふって、人間とは生涯、より高いものにむかって努力する存在だと、大声で言われたでしょう。しかし、そのような強さにも思いがけぬ罠と薄氷のような危険がひそんでいることを——そこから本当の宗教が始まることを、貴方は十五年後に知らねばならなかったのではないでしょうか。

母が死んだのはそんな僕が中学校を卒《お》えて、どこの上級学校にも入れなかった浪人二年目の時です。次々と受けては落ち、受けては落ちる僕に流石《さすが》の母も怒り疲れて深い溜息をつくようになりましたが、あの頃の母の顔を思い浮べると今でも胸が痛む。

彼女はこの頃から疲れやすくなり、時々、目まいを感ずると訴えだしました。貴方がその母をある日病院につれていって下さると、血圧がかなり高いという診断でしたが、彼女は相変らず働くのをやめず、毎朝のミサやきびしい生活を欠かしませんでした。

母が死んだ時刻、僕は友だちと映画を観にいっていました。その頃、予備校に行くと言っては彼女をだまし、一日の大半を友だちと三宮の喫茶店や映画館で過していたのです。十二月の末で、映画館を出た時はもうすっかり日は暮れていました。模擬試験があったからという嘘を母につこうとして電話をかけました。受話器に出てきたのは意外にも貴方でした。母が道で倒れ、連絡を受けた貴方が駆けつけ、皆で手わけをして僕を探していることをその時初めて知りました。「どこにいるのか」とたずねる貴方の声に僕は急いで電話を切りました。家まで戻る阪急電車がどんなにのろく感じられたことか。駅からあんなに早く家まで走ったことはありませんでした。ベルを押すと、玄関の戸をあけたのは貴方でした。「もう、死んだ」と貴方は一言、そう呟いた。母は眉と眉との間にかすかな苦悶の痕を残して寝床の上におかれていました。伯母や教会の人が周りに集まり、その人たちのとがめるような眼差しが自分に注がれているのを感じ、僕は母の蠟色をした死顔を見つめました。ふしぎに意識は冴え、辛さも悲しみもその時は感じなかった。ただ、ぼんやりとしていました。貴方も黙っていた。他の人だけが泣いていた。

葬式が終り、人々が引きあげたあと、空虚になった家に伯母と貴方と僕との三人が残りました。これからの僕の身のふり方をきめねばなりませんでした。貴方は、僕以上にぼんやりとしていた。まるで今まで持っていた何ものかを失ったように、ぼんやりとしていた。だから伯母が僕にどうするかとたずね、僕は僕でもう他の人に迷惑をかけたくないと答えました。伯母はその時、母が別れた僕の父のことを口に出しました。貴方はやっと、茫然とした顔をあげてすべては僕の意志通りだと意見をのべました。そして貴方が、僕の父に事情を話すことに決りました。

母の家の処分は貴方と伯母にまかせ、僕は東京の父の家に戻りました。親という感情を持てぬ父親夫婦との生活がその日から始まりました。

父と生活して見て、僕は母が父となぜ別れたかわかるような気がしました。「平凡が一番仕合せだ。波瀾のないのが一番仕合せだ」そのような意味のことを父はたえず口にしていました。経営している会社の余暇には、盆栽をいじり、庭の芝生の手入れをし、ラジオの野球中継をきくような生活。僕の将来についても、安全なサラリーマンの道を選ばせようとする毎日。それは母と二人っきりで過したきびしい日常とは全くちがっていました。あそこでは冬の朝、母に起された僕は霜で固まった道を教会に行った。二人の老婆しか跪いていない暗い聖堂のなかで、フランス人の司祭が十字架とむきあい、その十字架で基督が血を流していた。だが、ここでは人生や宗教について何一つ語ることなく、隣人のラジオがうるさいとか配給米が乏しくなったことだけが話題でした。あそこでは母は僕に、この地上の中では聖なるものこそ一番、高く素晴らしいのだと吹きこもうとした。だがここではそのような言葉を口に出しただけでそっぽをむかれ馬鹿にされる雰囲気でした。物質的にははるかに恵まれた生活のなかで、僕は自分が母を裏切っているのを毎日感じました。苦しかったが、今はなつかしい母との生活を考えない日は一日もありませんでした。そんな僕にとって、わずかに良心の痛みを補償してくれるのは、貴方に手紙をだすことでした。なぜなら、死ぬまで母が一番、尊敬していたのは貴方だったから。貴方に手紙を書くことで、僕は母の意志を裏切りつつあるという自責から一時でも救われるような気がしたからです。

貴方は短い返事を時々くれました。父は貴方の字が書いてある封筒を見ると厭な顔をしました。息子の頭のなかにまだ母の思い出があり、母の言葉が残っており、母の知人と親しくしているのが不快だったのでありましょう。「くだらんアーメンの坊主などと交際するもんじゃない」と彼は横をむいて不機嫌に呟きました。そしてその翌年、僕がどうにかある私大にもぐりこめた時、貴方は、自分は今度、東京の神学校に赴任することになったと知らせてきました。

もう真夜中です。女房も子供もとっくに寝てしまった家の中で、僕だけがこの手紙のために、自分の過去の一つ一つを思いうかべる。しかし、今まで書いた部分を読みかえしても、何と書けなかった出来事のほうが多いことか。貴方を語り、母を語るということがこんなにむつかしいことだと今更のように思います。それを全て書くためには、それによって人々が傷つけられぬ時まで待たねばならぬ、いやそれよりも自分の今日までを全て語らねばならぬ。それほど貴方と母とは僕の人生にひっかかり、その根を深くおろして離れない。やがて僕は自分の小説のなかで貴方と母とが僕に与えてくれた痕跡と、その本質的なものを語ることができるでしょう。

だがこの素描を続けるために話を元に戻さねばなりません。東京に貴方が来るとすぐ、僕は貴方に会いに行きました。貴方は変っていなかった。他の神父や神学生のように血色のわるい顔色もしていなかった。靴はいつも丁寧にみがかれ、大きな体をいれた黒服にはきちんとブラッシとアイロンがかけられ、そして、例の確信ある物の言い方も変っていなかった。僕がともかくも浪人生活から足を洗ったことを貴方は悦んでくれた。「基督を信じているか。ミサは欠かしていないか」僕が黙っていると、貴方は不快な顔をしました。「暇がない筈はない。それとも昔のように体の弱いせいにするのか」貴方の寄宿舎から出された時のように、失望と軽蔑の色がその表情に浮びました。

それが僕に少年時代と同じ反撥心を起させた。もっとも貴方が神学校での新しい仕事に忙しくなったという理由もありましたが、次第に二人は会うことが少なくなりました。だが僕の心から貴方の存在がなくなったのではない。父との生活のなかで僕の母にたいする愛着はますます深まり、かつて母について恨めしく思ったことも懐かしさに変り、その烈しい性格まで美化されていきました。少なくともこの母のおかげで、ぐうたらな僕は、より高い世界の存在せねばならぬことを魂の奥に吹きこまれたのです。そして貴方は少なくともその母の大きな部分でした。僕が大学の文学部に進んだのも、母の生き方をおそらく見たからでしょう。母や貴方のような生き方が、父のような多くの生き方とは別の世界であることを知ったためでもありましょう。自分の生活が、貴方たちのそれに離れれば離れるほど、遠ざかれば遠ざかるほど、僕はいつも貴方たちのことを考え自分を恥ずかしく思いました。

やがて戦争が僕と貴方とを更に別れ別れにしました。ある日、貴方は突然手紙で、東京から離れて軽井沢に住まねばならなくなったと知らせてきました。貴方は他の外人神父たちと軽井沢に強制疎開を命ぜられたというのです。疎開といっても日本の憲兵と警察に監視された一種の収容所生活であることは明らかでした。

その頃、僕のほうも、学校の授業などはなく、川崎の工場で空襲に怯えながらゼロ戦の部品を作らされていました。軽井沢へいく汽車の切符さえ買うのが困難でした。しかし、やっと手に入れた切符を持って冬のある日、僕はあの信州の小さな町に出かけました。駅をおりると頬が切られるように冷たかったのをまだ憶えています。平和な時には華やかだったにちがいないこの避暑地の町は、全くさびれ、陰気に暗く静まりかえっていました。駅前の憲兵事務所に鋭い眼をした男が二人、火鉢にあたっていました。裸になった落葉松《からまつ》林のなかに疎開客が雑炊をたく煙がわびしくたちのぼっていました。町会事務所をたずね、その町会長につれられて、貴方たちの泊らされている大きな木造の洋館に行くことができ、凍てついた庭の中で貴方とやっと顔を合わせました。町会長は少し離れたところで、背中をこちらに向けて立ち、「ミサは欠かしてないね。基督を信じなさい」と貴方は言いました。貴方はここでも、すっかり古びてはいるがブラッシをかけた服を着ていました。だが、その手は凍傷でふくれていた。貴方は一度、建物の中に入り、間もなく新聞紙で包んだものを持ってきました。「持って帰りなさい」貴方は口早に言い、僕の手にその新聞紙をのせました。見とがめた町会長が怪しんで近よって来ました。「何ですか、それは」貴方は憤然として答えました。「私の配給のバターだ。私のものをやることがなにが悪いか」

戦争が終りました。貴方は軽井沢から東京に戻り、応召寸前の僕も兵役をまぬがれて勤労動員の工場から崩れ落ちた大学に帰ることができました。日本の基督教界にとって新しい時代が始まりました。戦争中、警察からスパイの嫌疑をかけられた外人司祭も強制疎開を受けていた貴方たちも今は大手をふって布教しはじめ、日本人のある者は生きる力を求め、他の者は食糧や物がほしさに、別の者は外人と接触するために教会に行くようになりました。その頃、僕はしばしばジープを運転して神学校を出て行く貴方を見ましたが、あの頃の貴方はひどく忙しかった。それまで小さくなってい た神学校を大きく再建する仕事が貴方の任務だったからです。たずねていくと、当時、珍しかったジュラルミンのかまぼこ型の事務所で、秘書が次から次へとかかってくる電話を懸命にさばいていていました。「神父さまは御不在ですわ」その秘書はよく、にべもなく言いました。「さあ、いつお目にかかれるかわかりません」

そんなことはどうでもいいことだ。そんなくだらぬことを書いているのも、実は僕がこの手紙の中心部に触れるのをどうしてもためらっているからなのです。今、あのことを語らねばならぬ段階に来て、筆がにぶるのをさっきから感じてます。貴方を深く傷つけるのではないかという怖れが、ここまで書き進んできたものを抑えつけます。しかし許して下さい。

だが、どう書いたらいいのか。一体なぜこういうことになったのか。僕には今もってさっぱりわからない。貴方の心に少しずつ起ったものを、僕はどう解釈していいのかわからない。サマセット・モームの小説に「雨」という作品があって、そこに少しずつ禁をやぶり、一人の女を愛しはじめる聖職者が出てくるのですが、モームはそれを長い、単調な雨によって外部から説明しようとしている。技法としてはうまいのだが、今の僕には貴方のことを考える時、そんな誤魔化しをするわけにはいかぬ。あの事件が起きたあと、誰もが言いました。「そんなことが……。そんな馬鹿げたことはないですよ」僕も信じられなかった。しかし事実だった。そしてあの事件が終って長い歳月のたった今日でも、僕はどう貴方の心理の変化を追っていいのかわからない。

あれは僕が大学を出て間もなくです。まだ父の家にいましたが、アルバイトでモード雑誌や機械雑誌の翻訳をやりながら、どうにか稼いでいました。文学で身をたてようとは思っていたものの、まだ小説家になる自信など少しもありませんでした。そしてその頃、父が次から次へと持ってくる縁談から身をかわすため、余り冴えない娘と親しくしていました。後に女房となったこの娘に、僕が出した条件は一つだけでした。「僕はしようのない基督教信者だが、君が僕と結婚してくれるなら、あの宗教に無関心では困る」僕は母にたいする愛着から信仰をどうにか持ちつづけていました。たとえ時にはミサをさぼり、教会に足を向けないことがあっても、母が信じ、貴方がそれに生きたものを、畏敬し軽々と棄てる気持は毛頭ありませんでした。そして僕はその娘に基督教の教理を学ばせるために貴方のところに頼みにいったのです。

貴方は驚きの色を少し顔にあらわしました。僕のような男が婚約したのを驚いたのか、それとも僕のような男が柄にもなく誰かに基督教を学べと命じたことが意外だったのかわかりません。もちろん貴方は引きうけてくれましたが、その時、僕は妙なことにさっきから気がついていました。貴方がほんの少しだが不精髭をはやしていることと、それから、靴があまり磨いてなかったことです。他の司祭にたいしてなら、ほとんど気にもしないそんなだらしなさも、貴方には考えもできぬことでした。あの長い戦争の間でも、軽井沢の収容所でも、貴方はその意志の強さをきちんとした服装にみせていました。ブラッシをかけ、泥を落した靴。それは同時にあの寄宿舎で貴方自身が我々にきびしく命じたことだった。僕は自分のだらしなさのゆえにそういう貴方を一方では憎み一方では畏れていた。貴方は僕と娘を戸口まで送ってきてくれた。戸口では、一人の女が貴方の秘書と話をしていました。和服を着た顔色のよくない女でした。日本人の眼からみると、決して美しいとは言えぬ女でした。

僕は一人で寿司詰めの汽車にのって母と過した阪神に行きました。母の思い出はますます心に強く根を張っていましたし、父には内緒でとりかわした娘との婚約を母の墓にだけはそっと報告しようと思ったからです。僕の家だった付近もすっかり空襲で焼け、伯母の一家は疎開した香川県にそのまま住みつき、たずねた知人たちも大半が、姿を消していました。ただ、母と一緒に、まだ闇がひっかかっている冬のあけがた、教会に行くために黙々と歩いた道と、その教会だけが昔のまま残っていました。フランス人の司祭の代りに日本人の神父がその頃と同じように、まだ誰も来ない聖堂で一人、ミサを唱え、その影が蠟燭の火に照らされて壁にうつっています。僕は母と住んだ家の前に立って（その家は第三国人の持物になっていました）母の葬式が終った日うつろだった貴方の顔を思いだしました。あの時、貴方の顔にも何かが喪われてしまったような気がしたのはどうしてだろうと考えました。それから、貴方の命令で棄てられた犬をさがして歩きまわった松林も見てきました。あの犬のうるんだような哀しそうだった眼が急に心を横切りました。焼けあとには、黄色いつむじ風が巻きあがり、疲れ果てたような男がシャベルで地面を掘っていました。

そして貴方について馬鹿馬鹿しい噂が僕の耳に入ってきたのはその頃からでした。実に貴方を知らぬくだらぬ悪口でした。貴方が聖職者でありながら日本人の一人の女と限界をこえた交際をしていると言うゴシップです。僕はその噂をきいた時、いつか戸口でみた顔色のよくない日本人の女のことを思いだしました。しかし僕は日本人の信者たちの、外見だけで人を判断したり、形式だけで他人を評価したり、そしていつも自分を正しいと思っている態度が嫌いでした。「馬鹿言うとるわ」と僕はそのゴシップを一笑しました。なぜなら貴方がどんな人であり、どんなに強い意志の人かを知っていたからです。少なくとも母が尊敬した貴方がまかり間違ってもそんなことをする筈はなかった。

噂は色々なところから耳に入ってきた。貴方がジープにその女性と乗っていたのを見たとか、その女性と店屋で買物をしていたというような賤しい好奇心のまじった陰口です。「なぜ、ジープで一緒やったらいかんのや」と僕はその噂を口にした男にくってかかりました。「用事があれば女の人とも車ぐらい一緒に乗るやないか」その男はびっくりしたように僕の顔を見て顔を赤らめました。「だってその女は離婚した女なんだぜ、君」男は問題の女性についても、どこからか聞きこんでいました。「しかもねえ、子持ちの女なんだ」僕の母親だって離婚した女だった。子供のある離婚した女だった。その女に信仰をふきこみ、より高い聖なる世界を教えてくれたのはあの人なのだと言う言葉が咽喉もとまで出かかって、しかし僕は口を噤みました。厭な——非常に厭なものが、その咽喉もとから同時にこみあげてきたからです。それではあの頃、母もそのような中傷や噂を信者たちからされていたことがあったのか。貴方との間にまるで何かがあったような噂があったのか。僕はその男の顔を睨みつけ「誰が何と言おうともな、俺はあの人を信じとんのやで。信じとるのや」と怒鳴りました。

信じる。たしかに僕は貴方を信じていました。なぜなら、貴方も亦《また》、僕に「自分を信じてくれ」と言ったからです。あの時のあの貴方の言葉も貴方の声も今日まで忘れてはおらぬ。憶えていますか。ああした詰らぬ噂にたまりかねた僕が貴方の事務室にそれを知らせに行った時のことを。貴方は相変らず忙しそうだった。そして今度も不精髭こそ生やしていなかったが、どこか、その服装にも投げやりなものが感ぜられました。どこが投げやりだと指すことはできない。ズボンもプレスがされていて、そこに窓から差しこんだ夕陽が染みのようにあたっていた。にもかかわらず、昔の貴方には決して感じられなかったただらしない何かがあったのです。僕はその貴方にむかって、くだらぬ風評が飛んでいると申しました。貴方は上眼づかいにじっと僕を見ていた。本当に僕の話をきいていられたのか、どうか。僕が話し終ると、貴方はしばらく黙っていた。僕は貴方のズボンにあたった夕陽の染みを眺めていました。やがて、「私を信じなさい」貴方は力強くそう言った。

貴方は力強くそう言った。むかし貴方が、僕にむかって「基督を信じなさい。神とその教会とを信じなさい」そう言った時のようにその時の声にはあの確信と自信とが重い石のようにこもっていた。僕にはそう聞えた。信じなさい。洗礼を子供の時うけた復活祭、僕は他の子供たちと同じように大声で叫んだ。「信じます」と。どうして信じない筈がありましょうか。母が生涯信頼しきった貴方をどうして疑う筈がありましょう。告悔の秘蹟を受けたあとの、安らかな心。あの時に似た安心感が久しぶりに心に拡がり、思わず苦笑をしました。「さようなら」椅子から立ちあがると貴方はうなずきました。

娘との結婚には色々な曲折がありましたが、どうにか父を説得することができました。ただ父は条件を出しました。式はアーメンの教会などでやってくれるなと。僕と母との心理的な関係を父はどこまでも断ち切りたかったのでしょう。僕はこの馬鹿馬鹿しい申し出を聞き入れ、娘と相談して二つの結婚式をやろうと考えました。一つは父とその知人を集めたホテルでの式とそれからその娘と僕と二人っきりの教会での結婚式を。なぜなら、僕の妻になった彼女はその時、もう洗礼をうける決心をしていたのですから。勿論、その二人きりの式にミサをたててくれるのは貴方でなければなりませんでした。

いわゆる世間向きの式をホテルであげるという日の前日、父たちに怪しまれぬように普通の背広を着た僕と同じ色のスーツを着た娘とはひそかに貴方の神学校をたずねました。誰も来てくれぬ我々二人、この結婚式に僕は死んだ母が遠くから祝福してくれているような気がしていました。「とも角、俺は俺の嫁さんだけは信者にしたぜ」僕はそう母にむかって誇りたい気持だった。娘はそれでも神学校の前までくると、そっと買いたての真白なハンカチを僕の胸ポケットに入れ、自分はカトレヤの花をスーツにつけたのが憐れでした。「あんた、俺たちが来たと、神父さんに言ってこいよ」その彼女に僕はそう命じました。

僕は御堂の前で待っていた。晴れた日でした。ジュラルミンの蒲鉾型の建物がずらっと並んでいる。そのジュラルミンが陽にキラキラと光っている。僕は母のことを考え、彼女が僕の妻をみたら、どう言ったろうかと一人笑いをうかべました。その妻になる娘が、向うからゆっくりと歩いてくる。少し体がふらついている。あいつ、すっかり、上《あが》っているじゃないか、と僕は苦笑して口にくわえた煙草を棄てました。

「どうしたのさ、知らせてきたのか」娘は顔を強張らせたまま黙っていました。「気分でもわるいのかい」「いいえ」「じゃ、変な顔をするなよ」それでも彼女は顔をゆがめたまま物を言いませんでした。それから靴のさきで地面をこすりながら「帰りましようよ」と突然言ったのです。

「なぜ」

「なぜって」

「今になって突拍子もないことを口にするな」

「わたし」急に彼女は顔をクシャクシャにさせて呟きました。「見たのよ」

彼女は見たと言いました。貴方に僕らの到着したことを知らせるため事務室の扉を押しあけた時、貴方はあのいつか我々が戸口で出会った顔色のよくない女性と体を離した瞬間だった。貴方の顔のすぐ真下にその女の顔があり、娘は何も言えず、扉を開いたまま戻って来たと言うのです。

「なんだって」怒りが胸を突きあげました。「そんなことがありえるか」僕は娘の頬を平手で叩きました。「変なかんぐりを、君までするのか」叩かれて娘は頬を押えていました。「私を信じなさい」という貴方の言葉がゆっくりと甦ってきました。

式。娘は涙ぐみ眼を赤くしていた。貴方はあれを彼女の嬉し泪とでも思ったですか。

そんな筈はない。貴方がそんなことをする筈はない。泥沼の水面にのぼってくる穢い泡のように、胸にこみあげるその疑惑を僕は我々の結婚式のミサをあげてくれている貴方と祭壇とをみつめながら、無理矢理に抑えつけようとしていた。「基督を信じなさい」と貴方は言った。その基督のミサを貴方が、あのあとで、唱えられる筈はない。僕はその時も貴方を信じようとしていました。

結婚したあと、まだあの朝の記憶に顔をゆがめる妻に僕はしばしば怒鳴りつけました。「君は僕の母がもっとも信頼した人を疑うのか」すると妻は首をふりました。だがもしそれが事実としたら、妻は自分の生涯一度の純白な結婚式をよごれた指をもった司祭にあげられたと言うことになる。それは余りに残酷でした。だから僕はその疑惑から遠ざかるため貴方に会うのを避けました。そして三カ月後、貴方が神学校を出たという決定的なニュースを僕は耳にしました。

どうしてこんなことになったのか。茫然としました。とも角、貴方に会ってすべてを教えてもらわねばならぬ。人が何と言おうと、まだ貴方を信じたいという欲望が、裏切られたという感情にまざりあい胸を締めつけていました。だが神学校では、貴方の行先はわからぬと言う。そんな無責任な返事があるものかと憤慨しましたが仕方ありません。結局、あれこれ手をつくして、貴方が同国人であるスペイン貿易商の家に身を寄せていることを知りました。

　手紙を出しました。だが返事の代りに、貴方の友だちと称するスペイン人から、今は放っておいてくれという言伝が伝えられただけです。貴方が、今は僕にも――いや、僕だから尚更、会いたくないという気持がわかるような気がしました。今、どんな恥ずかしさと屈辱のなかで貴方が一人ぽっちかも想像できました。僕は遂に貴方を追うことを断念しました。

　だが受けた衝撃が治まったわけではない。一体、これは何なのだろう。いつからこんな馬鹿げたことが始まったのだ。それが皆目わからない。ただ一つだけ、いつか妻を初めて貴方の事務所に連れていった時、貴方の顎に埃のように栗色の不精髭が生えていたことが記憶の底から蘇ってきました。ひょっとすると、あの頃、貴方はもう腐蝕しはじめていたのでしょうか。眼に見えぬものが、貴方の生活、貴方の信仰を少しずつ、蝕みはじめていたのかもしれぬ。そんな気がしました。が、もちろん、それは僕のむなしい想像にしかすぎません。

　だがどうして貴方は、貴方を信じようとした僕にまで嘘をついたのだろう。僕の忠言にたいしあれほどの自信をもった声で「私を信じなさい」と言ったのだろう。怒りと情けなさとがこもごも胸に突きあげ、時としてはその怒りはもっと怖ろしい想像に――貴方は長い長い間、僕や母をも騙していたのではなかろうかなどという怖ろしい想像にまで導かれることがありました。そしてそのたび毎に首をふりその想念を追い払いました。

妻はもう貴方のことは口に出しませんでした。「教会なんか、もう行かないわ。信じられないんですもの」そう呟く彼女にたいして何の自信ある反駁もできない。「お前、一人の宣教師のことで、基督教全体を批判するのか」そう答えはしても、その答えが自分自身の心を充たさぬぐらい、僕が一番感じていたのです。そして僕だけではない、多くの聖職者や信者たちもこの唐突な事件にどう説明を与えてよいのかわからず、ただひそひそと声をひそめ、戸惑っていました。結局、いっさいを不問にし、沈黙の灰に埋めること、言いかえれば、臭いものには蓋をする態度をとっていました。

だが僕は困る。僕にとっては他の人のように歳月がその噂を消し、全てが忘却のなかに消えるのを待つという方法ではすまされぬ。僕にとっては、貴方を忘れることは母を忘れることであり、貴方を拒むことは、自分の今日までの大きな流れを否定することでした。僕は、多くの改宗者のように自分の意志で信仰を選んだのではない。長い間、僕の信仰はある意味では母への愛着に結びつけられ、貴方への畏敬につながっている。その部分が根柢《こんてい》から裏切られようとしている。今となって、どうして他の人のように貴方を忘れ、問題を誤魔化すことができようか。

だから僕は色々な司祭に「あの人のところに行って下さい」と頼みもしました。僕としては貴方が（僕にはまだわからぬが）今までよりもっと大きな信仰で――たとえば、もっと大きな愛の行為で、神学校を棄て一人の女のところに走ったなどと思いたかったのです。そして今でも、いや今だからこそ、貴方がかつてよりも強い信仰を持っていることを僕に証明してもらいたかったのです。だがそんな子供じみた空想はすぐに崩れてしまいました。大半の司祭は僕の願いを拒み、僕を初めは憤慨させました。基督は決して仕合せな人、充ち足りた人のところには行かなかった。孤独な人間や屈辱をうけている人間のところには走って行ったと彼等はいつも言っていた。にもかかわらず、こういう事態になると貴方に誰も手を差しのべぬと思ったのです。だが僕の考えはやや浅はかでした。なぜなら一人の司祭が貴方に連絡してみた結果、戻ってきた返事は「会いたくない」という一語でした。「今は彼を静かにしておくほうがいいんだよ。あの人の気持がわからないのかね」とその司祭に言われた時、僕は自分の無神経さとエゴイズムにやっと気がつきました。

　こうして貴方との長い長い接触が終りました。思えばあの聖愛病院で初めて貴方が僕の病室に入ってこられてから三十年以上の歳月が流れています。ねむかった貴方の話。犬を棄てられた思い出。貴方と山道を駆けた時の苦しさ。寄宿舎での出来事。母の死。そしてあの軽井沢で僕に自分のバターをくれた貴方の霜やけでふくれた手。それらは一つ一つ、僕の人生の河のなかに重要な素材として沈澱していました。一人の人間がもう一人の人生に残していく痕跡。我々は他人の人生の上にどのような痕跡を残し、どのような方向を知らずに与えているのか、気がつきませぬ。ちょうど、風が砂浜に植えられた松の形をゆがめ、その枝の向きを変えるように、貴方と母とが、他の人にもまして、僕という人間をこちらの方向にねじ曲げた。そして今、その貴方はどこかに去ってしまったわけです。

貴方がその後、英語の会話学校で教鞭をとったりスペイン語の個人教授をして生活していることは風のたよりで聞きました。貴方とあの日本女性との間に子供ができたことも誰かが教えてくれました。それらは前よりはもっと少ない衝撃で僕の心に受け入れられましたし、あれほど一時は信者を困惑させた事件も、少しずつ忘れられていきました。

あの結婚式の出来事は二度と妻との間に話題にのぼりませぬ。話題にのぼらぬのではなく、それに触れるのをお互い避けているのです。にもかかわらず、夕食のあとなど、食堂から自分の書斎にはいり、扉をきっちりしめて机にむかう時、あるいは深夜、本から顔をあげる時、貴方の声がふと浮ぶことがあります。「私を信じなさい」と。そして僕は貴方をまだ信じるため何とかして自分のものにしようとする。貴方を（勿論、変形こそしましたが）自分の三つの小説のなかに登場させて探ろうとしたのは一つにはそんな気持からでした。僕は色々と貴方の心理をたどろうとする。ひょっとすると貴方は僕の母をより高い世界に導いたように、あの顔色の悪い女を高めようとして足をすくわれたのかもしれぬ。初めは司祭としての感情や憐憫の情に男の感情が次第に混《こん》じていくのを貴方は気がつかなかった。貴方は余りに自信がありすぎた。強い木は突然折れることを知らなかった。自己への過信が、逆にその足を突然すくったのかもしれぬ。そして足が一度すくわれると、貴方のような男には傾斜を滑り落ちる速度も早かった。そんな図式的な想定を僕は幾度もくりかえし、失敗しました。貴方の失落の真相が結局はわからぬからです。そして、よし、そんな仮定をたてたところで、僕の心が治まるわけではなかった。

だが、ある日、何年ぶりかで、貴方を遂に見ました。土曜日の夕方のデパートの屋上でした。僕は当時、駒場に住んでいましたから、時々、息子を遊ばせるためにその屋上にある遊園場に出かけたのです。そんな一日でした。小学校一年生になる息子は、ぐるぐる廻るカップに乗ったり、小銭を入れると声の出る人造人間に夢中になっていました。飛行機を幾つもつけた大きな輪が、音楽にのって、ぐるぐると、空に回転していました。僕と同じような父親や母親が、あっちの椅子、こっちのベンチに腰かけて子供に眼をやりながら休み、その中にまじって僕も一本のコーラを買い、新聞を読みながら、それを少しずつ飲んでいた。何げなく顔をあげた時、貴方のうしろ姿を見た。

屋上の縁には危険のないように高い金網がはりめぐらしてありました。金網の手前には十円を入れると、しばらくの間、街を遠望できる望遠鏡が幾つか並び、そこにも親につれられた子供たちが群がっていました。貴方はその望遠鏡と金網との間にたって、一人でじっと暮れていく街に向きあっていた。その市街の上に鉛色の大きな雲の層がどこまでもひろがり、西の一部分だけが乳色に白んで、わずかに、わびしい陽がもれていました。何の変哲もない東京の夕暮の空で、貴方の体は、こちらから眺めると向うのビルやアパートよりはやや低く見えました。スモッグのせいか、ビルにはもう灯をともした窓があり、その灯が妙ににじんで光り、アパートのほうには下着や蒲団が干してありました。貴方はもうカトリックの聖職者が着るあの黒い服もローマン・カラーもつけていなかった。灰色のくたびれたような背広だったと思います。その背広のせいか、昔、あれほど堂々としていた体が、なんだか貧弱でみすぼらしくなったような気がした。こんな言葉を使っては失礼ですが、田舎者の西洋人のようにも見えたのです。意外だったのは、その時それほど驚きの気持が、僕に起きなかったことです。むしろ、それが自然であり、当り前のような気さえした。なぜかわからない。その貴方には、かつて貴方がもっていた確信も自信も消えうせて、その夕暮、デパートの屋上で時間をつぶす多くの日本人の平凡な親子からもふりかえられもしなかった。僕は思わず立ちあがろうとした。しかしその時、見憶えのあるあの女性が白い毛糸の服をきた子供の手を引いて貴方に近よってきた。貴方がたは背をこちらにむけ、子供をかばうようにして、向うの出口に去っていった。

貴方に会ったと言っても、ただそれだけでした。勿論、そのことは妻にも黙っていた。とるに足りぬようなその再会が、近年、夜など、ふと心に浮んでくる。そしてその貴方のうしろ姿を幾度か嚙みしめる時、それは僕の人生の河のなかで、他の幾つかの影法師に重なります。たとえば、小さい時、大連の街でロシヤパンを売っていた白系ロシヤの老人。それから、あの教会でくたびれた足を曳きずりながら、人眼につかぬように司祭館をたずねていた老外人。(あの老外人も貴方と同じように結婚したため司祭職を追われた人でした)夏の黄昏、その人は逃げようとする僕にこわがらないでくれと言った。彼の哀しそうだった眼に、貴方が無理矢理に棄てさせた雑種の犬の眼が重なります。動物や鳥たちはなぜ、あのように悲しみにみちた眼をするのか。僕にはそれらすべてが、僕の裡《うち》で一つの系列をつくり血縁の関係を結び、僕に何かを語りかけようとしている気がしてならぬ。と同時に、それらを一つの系列として自分の人生のなかに場所を与える時、貴方がもはや、自信と信念に充ちた強い宣教師としてではなく、灯をつけたビル、おむつを干したアパートの間にはさまって、もはや、人生を高みから見おろし裁断する人ではなく、貴方が棄てた犬の悲しい眼と同じ眼をする人間になったことを考える。そして、そのために貴方が僕を裏切ったとしても、もうそれを恨む気持は少なくなった。むしろ貴方のかつて信じていたものは、そのためにあったのだとさえ思う。あるいは貴方はそれをもう知っているのではないか。なぜなら、霧雨のふる渋谷のレストランで、貴方はボーイが一皿の食事を運んできた時、他の客に気づかれぬよう素早く十字を切ったのだから。僕が貴方についてやっとわかるのはまだそれだけです。

母なるもの

夕暮、港についた。

フェリー・ボートはまだ到着していない。小さな岸壁にたつと、藁屑《わらくず》や野菜の葉っぱの浮いた灰色の小波が、仔犬が水を飲むような小さな音をたてて桟橋にぶつかっていた。トラックの一台駐車した空地の向うに二軒の倉庫があり、その倉庫の前で男が燃やしている焚火の色が赤黒く動いている。

待合室には長靴をはいた土地の男たちが五、六人ベンチに腰かけて切符売場があくのを辛抱づよく待っている。足もとには魚を一杯つめこんだ箱や古トランクがおいてあったが、その中に、鶏を無理矢理に押しこんだ籠が転がっていた。籠の隙間から、鶏は首を長くだして苦しそうにもがいている。ベンチの人たちは私に時々、探るような視線をむけながら、だまって坐っている。

こんな光景をいつか、西洋の画集で見たような気がする。しかし誰の作品か、何時《いつ》見たのかも思いだせぬ。

海の向う、灰色に長くひろがった対岸の島の灯がかすかに光っている。どこかで犬が鳴いているがそれが島から聞えるのかこちら側なのかわからない。

灯の一部だと思っていたものが、少しずつ動いている。それでやっと、こちらに来るフェリー・ボートだと区別がついた。ようやく開《あ》いた切符売場の前に、さっきベンチに腰かけていた長靴の男たちが列をつくり、そのうしろに並ぶと魚の匂いが鼻についた。あの島では、たいていの住人は半農半漁だと聞いている。

どの顔も似ている。頬骨がとび出ているせいか、眼がくぼんで、無表情で、そのため何かに怯えているようにみえるのだ。つまり狡さと臆病さとが一緒になってこの土地の人のこの怯えた顔を作りだしているのだ。そう思うのは、私が今から行く島について持っている先入観のせいなのかも知れぬ。なにしろ江戸時代、あの島の住人は、貧しさと重労働とそれから宗門迫害とで苦しんできたからだ。

やっと、フェリー・ボートに乗り、港を離れることができた。一日に三回しか、九州本土と、この島との間には交通の便がない。二年前までは、このボートも朝晩おのおの一度しか往復していなかったそうである。

ボートと言っても伝馬船《てんません》のようなもので椅子もない。自転車や魚の箱や古トランクの間で乗客は窓から吹きこむ冷たい海風にさらされたまま立っている。東京ならば愚痴や文句を言う人も出ようが、誰もだまっている。聞えるのは船のエンジンの音だけで、足もとに転がった籠のなかで鶏までウンともスンとも言わない。靴先で少しつつくと、鶏は怯えた表情をした。それがさっきの人たちの表情に似ていておかしかった。風が更に強くなり、海も黒く、波も黒く、私は幾度か煙草に火をつけようとしたが、いくらやっても、風のためマッチの軸が無駄になるだけで唾にぬれた煙草は船の外に放り棄てた。もっとも風のため船のどこかへ、転がったかもしれぬ。今日半日、バスにゆられて長崎からここまで来た疲労で背中から肩がすっかり凝り、眼をつぶってエンジンの音をきいていた。

エンジンの響きが幾度か真黒な海のなかで急に力なくなる。すぐまた急に勢いよく音をあげ、しばらくして、また、ゆるむ。そういう繰りかえしを幾回も聞いたあと、眼をあけると、もう島の灯がすぐ眼の前にあった。

「おーい」

呼ぶ声がする。

「渡辺さんはおらんかのオ。綱を投げてくれまっせ」

それから綱を桟橋に投げる重い鈍い音がひびいた。

土地の人たちのあとから船をおりた。つめたい夜の空気のなかには海と魚との匂いがまじっている。改札口を出ると、五、六軒の店が、干物や土産物を売っている。このあたりでは飛魚を干したアゴという干物が名物だそうである。長靴をはいた、ジャンパー姿の男がその店の前で、改札口を出てくる我々をじっと見つめていたが、私の方に近よってきて、

「御苦労さまでござります。先生さまを教会からお迎《むけ》えにあがりました」

こちらが恐縮するほど、頭を幾度もさげ、それから、私の小さな鞄を無理矢理にひったくろうとした。いくら断っても、鞄をつかんだまま離さない。私の手にぶつかった彼の掌は、木の根のように大きく、固かった。それは私の知っている東京の信者たちの湿ったやわらかな手とちがっていた。

いくら肩を並べて歩こうとしても、彼は頑なに一歩の距離を保って、うしろから、ついてきた。先生さまと言われたさっきの言葉を思いだして私は当惑していた。こう言う呼び方をされると土地の人は警戒心を持つようになるかもしれない。

港から匂っていた魚の臭いは、どこまでも残っていた。その臭いは、両側の屋根のひくい家にも、狭い道にも長い長い間、しみついているように思えた。さっきとは全く反対に、今度は左手の海のむこうに、九州の灯がかすかにみえる。私は、

「お元気ですか、神父さんは。手紙をもらったので、すぐ飛んで来たんだが……」

うしろからは何の返事もきこえない。なにか気を悪くさせたのかと、気をつかった

が、そうではないらしく、遠慮をして無駄口をたたかぬようにしているのかもしれぬ。あるいは長い昔からの習性で、ここの土地の者たちはむやみにしゃべらぬのが、一番、自分の身を守る方策と考えているのかもしれない。

あの神父には、東京であった。私は当時、切支丹《きりしたん》を背景にした小説を書いていたので、ある集まりで九州の島から出てきた彼に自分から進んで話しかけた。その人もまた眼がくぼみ、頬骨のとび出たこのあたりの漁師特有の顔をしていた。東京のえらい司教や修道女たちの間にまじってすっかり怯えたせいか、話しかけても、ただ強張った表情をして、言葉少なく返事する点が、今、私の鞄をもっている男とそっくりだった。

「深堀神父を知っておられますか」

その前年、私は長崎からバスで一時間ほど行った漁村で、村の司祭をやっている深堀神父に随分、世話になった。浦上町出身のこの人は海で私に魚つりを教えてくれた。まだ頑として再改宗しない、かくれの家にもつれていってくれた。言うまでもなくかくれ切支丹たちの信じている宗教は、長い鎖国の間に、本当の基督教から隔たって、神道や仏教や土俗的な迷信まで混じはじめている。だから長崎から五島、生月《いきつき》に散在している彼等を再改宗させることは、明治に渡日したプチジャン神父以来、あの地方の教会の仕事である。

「教会に泊めてもらいましてね」

話の糸口を引きだしても、向うは、ジュースのコップを固く握りしめたまま、はい、はいとしか返事をしない。

「おたくの管区にも、かくれ切支丹はいるのですか」

「はい」

「この頃は、連中、テレビなどで、写されて収入になるもんだから、次第に悦びだしましたね。深堀神父の紹介した爺さんなどは、まるで、ショーの説明役みたいでしたが。そちらの、かくれ切支丹はすぐ会ってくれますか」

「いや、むつかしか、とです」

それで話は切れて私は彼から離れて、もっと話しやすい連中のところに行った。

だが、思いがけなくこの朴訥な田舎司祭から一カ月前、手紙がきた。カトリック信者が必ず使う「主の平安」という書きだしから始まるその手紙には、自分の管区内に住んでいるかくれたちを説得した結果、その納戸神《なんどがみ》やおらしょ（祈り）の写しを見せるそうだというのが手紙の内容だった。字は意外と達筆だった。

「この町にもかくれは住んでますか」

うしろをふりむいて、そうたずねると、男は首をふって、

「おりまっせん。山の部落に住んどるとです」

半時間後ついた教会では、入口の前に、黒いスータンを着た男が手をうしろに組んで、自転車をもった青年と一緒に立っていた。

一度だけだが前にともかく、会ったので、こちらが気やすく挨拶すると、向うは少し当惑したような表情で、青年と迎えに来てくれた男を見た。それは私が迂闊だったのである。東京や大阪とちがって、この地方では、神父さまはいわばその村では村長と同じように、時にはそれ以上に敬われている殿さまのような存在だということを忘れていたわけだ。

「次郎。中村さんに、先生が来たと」と司祭は青年に命令した。「言うてこいや」青年は恭しく頭をさげて自転車にまたがると、闇のなかにすぐ消えていった。

「かくれがいる部落はどちらですか」

私の質問に、神父は、今来た道とは反対の方向を指さした。山にさえぎられているのか灯もみえない。かくれ切支丹たちは、迫害時代、役人の眼をのがれるために、できるだけ探しにくい山間や海岸に住んだのだが、ここも同じなのにちがいない。明日はかなり、歩くなと、私はあまり強くない自分の体のことを考えた。七年前に私は胸部の手術を受けて直ったものの、まだ体力には自信がないのである。

母の夢をみた。夢のなかの私は胸の手術を受けて病室に連れてきたばかりらしく、死体のようにベッドの上に放りだされていた。鼻孔には酸素ボンベにつながれたゴム管が入れられて、右手にも足にも針が突っこまれていたが、それはベッドにくくりつけた輸血瓶から血を送るためだった。

私は意識を半ば失っている筈なのに、自分の手を握っている灰色の翳が、けだるい麻酔の感覚のなかでどうやら誰かかはわかっていた。それは母だった。病室にはふしぎに医師も妻もいなかった。

そういう夢を、今日まで幾度か見た。眼が醒めたあと、その夢と現実とがまだ区別できず、しばらく寝床の上でぼんやりしているのも、それから、やっとここが三年間も入院した病院のなかではなく自分の家であることに気づいて、思わず溜息をつくのも何時ものことだった。

夢のことは、妻には黙っていた。実際には三回にわたるその手術の夜、一睡もしないで看病してくれたのは、妻だったのに、その妻が夢のなかには存在していないのが申し訳ない気がしたためだが、それよりもその奥に自分も気づいていないような、私と母との固い結びつきが、彼女の死後二十年もたった今でも、あるのが夢にまで出て厭だったからである。

精神分析学など詳しくはない私にはこうした夢が一体、なにを意味するのか、わからない。夢のなかで母の顔が実際にみえるわけではない。その動きも明確ではない。

あとから考えれば、それは母らしくもあるが、母と断言できもしない。ただそれは、妻でもなく、附添婦でも看護婦でもなく、もちろん医師でもなかった。

記憶にある限り、病気の時、母から手を握られて眠ったという経験は子供時代にもない。平生、すぐに思いだす母のイメージは、烈しく生きる女の姿である。

五歳の頃、私たちは父の仕事の関係で満洲の大連に住んでいた。はっきりと瞼に浮ぶのは、小さな家の窓からさがっている魚の歯のような氷柱である。空は鉛色で今にも雪がふりそうなのに雪は降ってはいない。六畳ほどの部屋のなかで母はヴァイオリンの練習をやっている。もう何時間も、ただ一つの旋律を繰りかえし繰りかえし弾いている。ヴァイオリンを腭《あご》にはさんだ顔は固く、石のようで、眼だけが虚空の一点に注がれ、その虚空の一点のなかに自分の探しもとめる、たった一つの音を摑みだそうとするようだった。そのたった一つの音が摑めぬまま彼女は吐息をつき、いらだち、弓を持った手を絃《げん》の上に動かしつづけている。私はその腭に、褐色の胼胝《たこ》がまるで汚点のようにできているのを知っていた。それは、音楽学校の学生の頃から、たえず、ヴァイオリンを腭の下にはさんだためだったし、五本の指先も、ふれると石のように固くなっていた。それはもう幾千回と、一つの音をみつけるために、絃を強く抑えるためだった。

小学生時代の母のイメージ。それは私の心には夫から棄てられた女としての母である。大連の薄暗い夕暮の部屋で彼女はソファに腰をおろしたまま石像のように動かない。そうやって懸命に苦しみに耐えているのが子供の私にはたまらなかった。横で宿題をやるふりをしながら、私は体全体の神経を母に集中していた。むつかしい事情がわからぬだけに、うつむいたまま、額を手で支えて苦しんでいる彼女の姿がかえってこちらに反射して、私はどうして良いのか辛かった。

秋から冬にかけてそんな暗い毎日が続く。私はただ、あの母の姿を夕暮の部屋のなかに見たくないばかりにできるだけ学校の帰り道、ぐずぐずと歩いた。ロシヤパンを売る白系ロシヤの老人のあとを何処までもついていった。日がかげる頃、やっと、道ばたの小石を蹴り蹴り、家への方角をとった。

「母さんは」ある日、珍しく私を散歩につれだした父が、急に言った。「大事な用で日本に戻るんだが……お前、母さんと一緒に行くかい」

父の顔に大人の嘘を感じながら、私はうんと、それだけ、答え、うしろからその時も小石をいつまでも蹴りながら黙って歩いた。その翌月、母は私をつれて、大連から、神戸にいる彼女の姉をたよって船に乗った。

中学時代の母。その思い出はさまざまあっても、一つの点にしぼられる。母は、むかしたった一つの音をさがしてヴァイオリンをひきつづけたように、その頃、たったつの信仰を求めて、きびしい、孤独な生活を追い求めていた。冬の朝、まだ凍るような夜あけ、私はしばしば、母の部屋に灯がついているのをみた。彼女がその部屋のなかで何をしているかを私は知っていた。ロザリオを指でくりながら祈ったのである。それからやがて母は私をつれて、最初の阪急電車に乗り、ミサに出かけていく。誰もいない電車のなかで私はだらしなく舟をこいでいた。だが時々、眼をあけると、母の指が、ロザリオを動かしているのが見えた。

暗いうち、雨の音で眼がさめた。急いで身支度をすませ、この平屋の向い側にある煉瓦づくりのチャペルに走っていった。

チャペルはこんな貧しい島の町には不似合なほど洒落《しゃ》れている。昨夜、神父の話を聞くと、この町の信者たちが石をはこび、木材を切って二年がかりで作ったのだそうである。三百年前、切支丹時代の信徒たちもみな、宣教師を悦ばすために、自分らの力で教会を建築したというが、その習慣はこの九州の辺鄙な島にそのまま受けつがれているのである。

まだ薄暗いチャペルのなかには、白い布をかぶった三人の農婦が、のら着のまま跪いている。作業着をきた男たちも二人ほどいた。祈禱台も椅子もない内陣でみんな畳の上で祈っているのである。彼等はミサがすめばそのまま鍬《くわ》をもって畠に行くか、海に出るようだった。祭壇では、あの司祭が、くぼんだ眼をこちらにむけてカリスを両手でかかえ、聖体奉挙の祈りを呟いている。蠟燭の灯が、大きなラテン語の聖書を照らしている。私は母のことを考えていた。三十年前、私と母とが通った教会とここととが、どこか似ているような気がしてならなかった。

ミサが終ったあと、チャペルの外に出ると雨はやんだが、ガスがたちこめている。昨夜、神父が教えてくれた部落の方角は一面に乳色の霧で覆われ、その霧のなかに林が影絵のように浮んでいる。

「こげん霧じゃとても行けんですたい」

手をこすりながら神父は私のうしろで呟いた。

「山道はとても滑るけん。今日は一日、体ば休められてだナ、明日、行かれたらどうですか」

この町にも、切支丹の墓などがあるから、午後から見に行ったらどうだというのが神父の案だった。かくれたちのいる部落は山の中腹だから、土地の者ならともかく、片肺しかない私には雨に濡れて歩く肺活量はなかった。

霧の割れ目から、海がみえた。昨日とちがって海は真黒で冷たそうだった。舟はまだ一隻も出ていない。白い牙のように波の泡だっているのが、ここからでも良くわかる。

朝食を神父とすませたあと、貸してもらった六畳の部屋で、寝ころんだまま、この地域一帯の歴史を書いた本を読みかえした。細かい雨がふたたび降りつづけ、その砂のながれるような音が部屋の静けさを一層ふかめる。壁にバスの時刻表がはりつけてあるほかは何もない部屋だ。私は急に東京に戻りたくなった。

記録によるとこの地方の切支丹迫害が始まったのは一六〇七年からでそれが一番、烈しくなったのは一六一五年から一七年の間である。

ペトロ・デ・サン・ドミニコ師

マチス

フランシスコ五郎助

ミゲル新右衛門

ドミニコ喜助

それらの名は、私が今いるこの町で一六一五年に殉教した神父、修道士だけを選んだものだが、実際には名もない百姓の信者、漁師の女のなかにも、教えのため命を失った者が、まだまだ沢山いたかも知れない。前から切支丹殉教史を暇にまかせて読んでいるうちに、私は、一つの大胆な仮説を心のうちにたてるようになった。これらの処刑は、一人一人の個人によりも部落の代表者にたいして見せしめのため行われたのではないかという仮定である。もっともこれは当時の記録が裏うちをしてくれぬ限り、いつまでも私の仮定にすぎないが、あの頃の信徒たちは一人一人で殉教するか背教するかを決めたよりは、部落全体の意志に従ったのではないかという気がするのである。部落民や村民の共同意識は今よりずっと血縁関係を中心にして強かったから、迫害を耐えしのぶのも、屈して転ぶのも、一人一人の考えではなく、全村民で決めたのではないかというのが、前からの私の仮定だった。つまりそうした場合、役人たちも信仰を必死に守る部落民を皆殺しにすれば、労働力の消滅になるので、代表者だけを処刑する。部落民側も部落存続のため、どうしても転ばざるをえない時は全員が棄教する。その点が日本切支丹殉教と外国の殉教の大きなちがいのような気がしていたのである。

南北十粁《キロ》、東西三・五粁のこの島には往時、千五百人ほどの切支丹がいたことは記録でわかっている。当時、島の布教に活躍をしたのは、イタリア人司祭カミロ・コンスタンツォ神父で、彼は一六二二年に田平《たびら》の浜で火刑に処せられた。薪に火がつけられ、黒い煙に包まれても、彼の歌う讃美歌「ラウダテ」は群集にきこえたという。それを歌い終り、「聖なる哉《かな》」と、五度大きく叫び彼は息たえた。

百姓や漁師の処刑地は島から小舟で半時間ほど渡った岩島という岩だらけの島だった。信徒たちはその小島の絶壁から、手足を括《くく》られたまま、下に突きおとされた。最もその迫害がひどかった頃には、岩島で処刑される信徒は月に十人をくだらなかったそうである。役人たちも面倒がり、時にはそれらの何人かを菰《こも》に入れて、数珠つなぎにしたままつめたい海に放りこんだ。放りこまれた信徒たちの死体は、ほとんど見つかっていない。

昼すぎまで、島のこんな凄惨な殉教史を再読して時間をつぶした。霧雨はまだ降りつづけている。

昼食の時、神父はいなかった。日にやけた、頬骨の出た中年のおばさんがお給仕に出てくれた。私は彼女のことを漁師のおかみさんぐらいに考えていたのだが、話をしているうちに、なんと、おばさんは生涯を独身で奉仕に身を捧げる修道女だと知って驚いた。修道女といえば、東京でよく見かける異様な黒い服を着た女たちとばかり思っていた私は、俗称「女部屋」とこのあたりで言われている修道会の話を初めて聞いた。普通の農婦と同じように田畠で働き、託児所で子供の世話をし、病院で病人をみとり、集団生活をするのがこの会の生活で、おばさんも、その一人だそうである。

「神父さまは不動山のほうにモーターバイクで行かれましたけん。三時頃、戻られるとでしょ」

彼女は雨でぬれた窓のほうに眼をやりながら、

「生憎のわるか天気で、先生さまも御退屈でしょ。じきに役場の次郎さんが切支丹墓ば御案内に来ると言うとります」

次郎さんというのは昨夜、神父と教会の前で私を待っていてくれたあの青年のことである。

その言葉通り、次郎さんが、昼食が終ってまもなく、誘いに来てくれた。彼はわざわざ長靴まで用意してきて、

「そのお靴では泥だらけになられると、いかん思うて」

こちらが恐縮するほど、頭を幾度もさげながら、その長靴が古いのをわび、

「先生さまにこげん車、恥ずかしかですたい」

彼の運転する軽四輪で、町を通りぬけると、昨夜、想像したように、屋並はひくく、魚の臭いが至るところにしみついていた。港では十隻ほどの小舟がそれでも出発の用意をしていた。町役場と小学校だけが鉄筋コンクリートの建物で、目ぬき通りと言っても、五分もしないうちに藁ぶきの農家に変るのである。電信柱に雨にぬれたストリップの広告がはりつけてあった。広告には裸の女が乳房を押えている絵が描かれ、「性部の王者」というすさまじい題名がつけられていた。

「神父さんは、こげんものを町でやることに、反対運動をされとるです」

「でも若い連中なら、チョクチョク行くだろう。信者の青年でも……」

私の冗談に次郎さんはハンドルを握りながら黙った。私はあわてて、

「今、信者の数は島でどのくらいですか」

「千人ぐらいはおりますでしょ」

切支丹時代は千五百人の信徒数と記録に載っているから、その頃より五百人、下まわったわけである。

「かくれの人数は？」

「ようは知りまっせん。年々、減っとるではなかですか。かくれの仕来《しきた》りば守っとるのも年寄りばっかりで、若い衆はもう馬鹿らしかと言うとります」

次郎さんは面白い話を私にしてくれた。かくれたちは、いくらカトリックの司祭や信者が再改宗を説得しても応じない。彼等の言い種は、自分たちの基督教こそ祖先の頃から伝わったのだから本当の旧教で、明治以後のカトリックは新教だと言い張っているのである。その上、代々、聞きつたえた宣教師《パーデレ》さまたちの姿とあまりにちがった今の司祭の服装が、その不信の種を作ったようで、

「ばってん、フランスの神父さまが、智慧ばしぼられて、あの頃の宣教師の恰好ばされて、かくれば訪ねられたですたい」

「で？」

「かくれの申しますには、これは良う似とるが、どこか、違うとる。どうも信じられん……」

この話には次郎さんのかくれにたいする軽蔑がどこか感ぜられたが、私は声をたて

て笑った。わざわざ、切支丹時代の南蛮宣教師の恰好をしてかくれをたずねたフランス人司祭もユーモアがあるが、いかにもこの島らしい話でよかった。

町を出ると、海にそった灰色の道が続く。左は山が迫り、右は海である。海は鉛色に濁り、ざわめき、車の窓を少しあけると、雨をふくんだ風が、顔にぶつかってきた。防風林に遮られた場所で車をとめ、次郎さんは傘を私にさしかけてくれた。砂地にはそれでも、小さな松の植木が点々と植わっている。そして切支丹の墓は、ちょうどその砂の丘が海のほうに傾斜していく先端に転がっている。墓といっても私だって力をだせば抱えあげられるような石で、三分の一は砂に埋まり、表面は風雨に晒されて鉛色になり、わずかに何かで引っかいたような十字架とローマ字のM、とRとが読めるだけである。そのM、とRとから私はマリアという名を聯想《れんそう》し、ここに埋まっている信徒は女性ではないだろうかと思った。

どうしてこの墓ひとつだけが町からかなり離れたこんな場所にあるのか、わからぬ。迫害後、その血縁がひそかに人目につかぬここに移しかえたのかもしれぬ。あるいは迫害中、この女は、この浜のあたりで処刑されたのかもしれぬ。

見棄てられたこの切支丹の墓のむこうに荒海が拡がっていた。防風林にぶつかる風の音は電線のすれ合うような音をたてている。沖に黒く、小島が見えるが、あれがこの辺の信徒たちを断崖から突き落したり、数珠つなぎにしたまま、海に放りこんだ岩島である。

　母に嘘をつくことをおぼえた。

　私の嘘は今、考えてみると、母にたいするコンプレックスから出たようである。夫から棄てられた苦しさを信仰で慰める以外、道のなかった彼女は、かつてただ一つのヴァイオリンの音に求めた情熱をそのまま、ただ一つの神に向けたのだが、その懸命な気持は、現在では納得がいくものの、たしかに、あの頃の私には息ぐるしかった。彼女が同じ信仰を強要すればするほど、私は、水に溺れた少年のようにその水圧をはねかえそうともがいていた。

　級友で田村という生徒がいた。西宮の遊廓の息子である。いつも首によごれた繃帯《ほうたい》をまいて、よく学校を休んだが、おそらくあの頃から結核だったのかもしれない。優等生から軽蔑されて友だちも少ない彼に私が近づいていった気持には、たしかにきびしい母にたいする仕返しがあった。

　田村に教えられて、初めて煙草をすった時、ひどい罪を犯したような気がした。学校の弓道場の裏で、田村は、まわりの音を気にしながら、制服のポケットから、皺だらけになった煙草の袋をそっとだした。

「はじめから強く吸うから、あかんのやで。ふかすようにしてみいや」

咳きこみながら鼻と咽喉とを刺す臭いに、私はくるしかったが、その瞬間、まぶたの裏に母の顔がうかんだ。まだ暗いうちに、寝床から出て、ロザリオの祈りをやっている彼女の顔である。私はそれを払いのけるために、さっきよりも深く、煙を飲みこんだ。

学校の帰りに映画に行くことも田村から習った。西宮の阪神駅にちかい二番館に田村のあとから、かくれるように真暗な館内に入った。便所の臭気がどこからか漂ってくる。子供の泣き声や、老人の咳払いの中に、映写機の回転する音が単調にきこえる。私は今頃、母は何をしているかと考えてばかりいた。

「もう帰ろうや」

何度も田村を促す私に、彼は腹をたてて、

「うるさい奴やな。なら、一人で帰れ」

外に出ると、阪神電車が勤め帰りの人を乗せて、我々の前を通りすぎていった。

「そんなにお袋に、ビクビクすんな」と田村は嘲るように肩をすぼめた。「うまいこと言うたらええやないか」

彼と別れたあと、人影のない道を歩きながら、どういう嘘をつこうかと考えた。家にたどりつくまで、その嘘はどうしても思いつかなかった。

「補講があったさかい。そろそろ受験準備せないかん言われて」

私は息をつめ、一気にその言葉を言った。そして、母がそれを素直に信じた時、胸の痛みと同時にひそかな満足感も感じていた。

正直いって、私には本当の信仰心などなかった。母の命令で教会に通っても、私は手を組み合わわせ、祈るふりをしているだけで、心は別のことをぼんやりと空想していた。田村とその後たびたび出かけた映画のシーンや、ある日、彼がそっと見せてくれた女の写真などまでが心に浮んでくる。チャペルの中で信者たちは立ったり跪いたりしてミサを行う司祭の祈りに従っていた。抑えようとすればするほど、妄想は嘲るように、頭のなかにあらわれてくる。

真実、私はなぜ母がこのようなものを信じられるのか、わからなかった。神父の話も、聖書の出来事も十字架も、自分たちには関係のない、実感のない古い出来事のような気がした。日曜になると、皆がここに集まり、咳ばらいをしたり、子供を叱りながら、両手を組み合わせる気持を疑った。私は時々、そんな自分に後悔と、母へのすまなさとを感じ、もし神があるならば、自分にも信仰心を与えてほしいと祈ったが、そんなことで気持が変る筈はなかった。

もう、毎朝のミサに行くこともやめるようになった。受験勉強があるからというのが口実で、私はその頃から心臓の発作を訴えだした母が、それでも、冬の朝、ひとりで教会に出かける足音を、平気で寝床で聞いていた。やがて、一週に一度は行かねばならぬ日曜日の教会さえ、さぼるようになり、母の手前、家を出ても西宮の、ようやく買物客が集まりだした盛り場を、ぶらぶらと歩き、映画館の立看板をみながら時間をつぶすのだった。

その頃から母は屢々、息ぐるしくなることがあった。道を歩いていても、時折、片手で胸を押え、顔をしかめたまま、じっと立ちどまる。私は高を括っていた。十六歳の少年には死の恐怖を想像することはできなかった。発作は一時的なもので、五分もすれば元通りになったから、大した病気ではないと考えていた。実は長い間の苦しみと疲労とが、彼女の心臓を弱らせていたのである。にもかかわらず、母は毎朝五時に起き、重い足をひきずるようにして、まだ人影のない道を、電車の駅まで歩いていくのだった。教会はその電車に乗って二駅目にあったからである。

ある土曜日、私は、どうにも誘惑に勝てず、登校の途中、下車をして、盛り場に出かけた。鞄はその頃、田村と通いはじめていた喫茶店にあずけることにした。映画がはじまるまで、まだかなりの時間があった。ポケットには一円札が入っていたが、それは、数日前、母の財布から、とったものである。時折、私は母の財布をあける習慣がついていた。夕暮まで映画をみて、何くわぬ顔をして家に戻った。

玄関をあけると、思いがけず、母が、そこに、立っていた。物も言わず、私を見つめている。やがてその顔がゆっくりと歪み、歪んだ頰に、ゆっくりと涙がこぼれた。

学校からの電話で一切がばれたのを私は知った。その夜、おそくまで、隣室で母はすすり泣いていた。耳の穴のなかに指を入れ、懸命にその声を聞くまいとしたが、どうしても鼓膜に伝わってくる。私は後悔よりも、この場を切りぬける嘘を考えていた。

役場につれて行ってもらって、出土品を見ていると、窓が白みはじめた。眼をあげるとやっと雨もやんだようである。

「学校のほうへ行かれると、もうチトありますがなア」

中村さんという助役が横にたって心配そうにたずねる。まるでここに何もないのが自分の責任のような表情をしている。役場と小学校にあるのは、私の見たいかくれの遺物ではなく、小学校の先生たちが発掘した上代土器の破片だけだった。

「たとえばかくれのロザリオとか十字架はないのですか」

中村さんは更に恐縮して首をふり、

「かくれの人たちア、かくしごとが好きじゃケン。直接、行かれるより、仕様がなか。何しろ偏窟《へんくつ》じゃからな。あの連中は」

次郎さんの場合と同じように、この中村さんの言葉にもかくれにたいする一種の軽蔑心が感じられる。

天気模様をみていた次郎さんが戻ってきて、

「恢復したけえ。明日は、大丈夫ですたい。なら、今から岩島ば見物されてはどうですか」

と奨めてくれた。さきほど、切支丹の墓のある場所で、私が何とかして岩島を見られないかと頼んだからである。

助役はすぐ漁業組合に電話をかけたが、こういう時は、役場は便利なもので、組合では小さなモーターつきの舟を出してくれることになった。

ゴム引きの合羽《かっぱ》を中村さんから借りた。次郎さんも入れて三人で港まで行くと、一人の漁師がもう舟を用意している。雨でぬれた板に茣蓙《ござ》をしいて腰かけさせてくれたが、足もとには汚水が溜っていた。その水のなかに、小さな銀色の魚の死体が一匹漂っていた。

モーターの音をたてて舟がまだ波のあらい海に出ると、揺れは次第に烈しくなる。波に乗る時はかすかな快感があるが、落ちる時は、胃のあたりが締められるようだ。

「岩島は、よか釣場ですたい。わしら、休日には、よう行くが、先生さまは釣りばなさらんとですか」

私が首をふると、助役は気ぬけした顔をして漁師や次郎さんに、大きな黒鯛を釣った自慢話をはじめた。

合羽は水しぶきで容赦なく濡れる。私は海風のつめたさにさっきから閉口していた。

そう言えば、さっきまで鉛色だった海の色がここでは黒く、冷たそうである。私は四世紀前に、ここで数珠つなぎになって放りこまれた信徒たちのことを思った。もし、自分がそのような時代に生れていたならば、そうした刑罰にはとても耐える自信はなかった。母のことをふと考えた。西宮の盛り場をうろつき、母親に嘘をついていたあの頃の自分の姿が急に心に甦った。

島は次第に近くなった。岩島という名の通り、岩だけの島である。頂だけに、わずかに灌木《かんぼく》が生えているようだ。助役にきくと、ここは郵政省の役人が時々、見に行くほかは、町民の釣場として役にたつだけだという。

十羽ほどの鳥が嗄《しわが》れた声をあげながら頂の上に舞っていた。灰色の雨空をそれら鳥の声が裂き、荒涼として気味がわるかった。岩の割れ目も凸凹がはっきりと見えはじめた。波がその岩にぶつかり壮絶な音をたてて白い水しぶきをあげている。

信徒たちを突き落した絶壁はどこかとたずねたが、助役も次郎さんも知らなかった。おそらく一箇所ときめたわけでなく、どこからでも、落したのであろう。

「怖ろしか、ことですたい」

「今じゃとても考えられん」

私がさっきから思っているようなことは、同じカトリック信者の助役や次郎さんの意識には浮んではいないらしかった。

「この洞穴は蝙蝠《こうもり》がようおりましてなア。近づくとチイチイ鳴き声がきこえよる」

「妙なもんじゃな。あれだけ、速う飛んでも、決してぶつからん。レーダーみたいなものが、あるとじゃ」

「ぐうっと一まわりして先生さま、帰りますか」

兇暴に白い波が島の裏側を嚙んでいた。雨雲が割れて、島の山々の中腹が、漸くはっきりと見えはじめた。

「かくれの部落はあそこあたりですたい」

助役は昨夜の神父と同じように、その山の方向を指さした。

「今では、かくれの人も皆と交際しているんでしょう」

「まアなア。学校の小使さんにも一人おられたのオ。下村さん、あれは部落の人じゃったからな。しかし、どうも厭じゃノオ。話が合わんですたい」

二人の話によると、やはり町のカトリック信者はかくれの人と交際したり結婚するのは何となく躊躇するのだそうである。それは宗教の違いと言うよりは心理的な対立の理由によるものらしい。かくれは今でもかくれ同士で結婚している。そうしなければ、自分たちの信仰が守れないからであり、そうした習慣が彼等を特殊な連中のように、今でさえ考えさせている。

ガスに半ばかくれたあの山の中腹で三百年もの間、かくれ切支丹たちは、ほかのかくれ部落と同じように「お水役」「張役」「送り」「取次役」などの係りをきめ、外部の一切にその秘密組織がもれぬように信仰を守りつづけた筈である。祖父から父親に、父親からその子にと代々、祈り《オラショ》を伝え、その暗い納戸に、彼等の信仰する何かを祭っていたわけである。私はその孤立した部落を何か荒涼としたものを見るような気持で、山の中腹に探した。だが、もちろん、それはここから眼にうつる筈はなかった。

「あげん偏窟《へんくつ》な連中に、先生、なして興味ば持たれるとですか」

助役さんは、ふしぎそうに私にたずねたが、私はいい加減な返事をしておいた。

秋晴れの日、菊の花をもって墓参りに行った。母の墓は府中市のカトリック墓地にある。学生時代から、この墓地に行く道を幾度、往復したか知らない。昔は栗や橡《とちのき》の雑木林と麦畑とが両側に拡がって、春などは結構、いい散歩道だったここも、今は、真直ぐなバス道路が走り、商店がずらりと並んだ。あの頃、その墓地の前にぽつんとあった小屋がけの石屋まで、二階建ての建物になってしまった。来るたびに一つ一つの思い出が心に浮ぶ。大学を卒えた日も墓参した。留学で仏蘭西《フランス》に行く船にのる前日にもここにきた。病気になって日本に戻った翌日、一番、先に飛んできたのもここである。結婚する時も、入院する時も、欠かさず、この墓にやってきた。今でも妻にさえ黙ってそっと詣でることがある。ここは誰にも言いたくない私と母の会話の場所だからである。親しい者にさえ狎々《なれなれ》しく犯されまいという気持が私の心の奥にある。小《こ》径《みち》を通りぬける。墓地の真中に聖母の像があって、その回りに一列に行儀よく並んだ石の墓標は、この日本で骨をうずめた修道女たちの墓地である。それを中心に白い十字架や石の墓がある。すべての墓の上に、あかるい陽と静寂とが支配している。

母の墓は小さい。その小さな小さな墓石をみると心が痛む。回りの雑草をむしる。虫が羽音をたて一人で働いている、私の回りを飛びまわる。その羽音以外、ほとんど物音がしない。

柄杓《ひしゃく》の水をかけながら、いつものように母の死んだ日のことを考える。それは私にとって辛い思い出である。彼女が、心臓の発作で廊下に倒れ、息を引きとる間、私はそばにいなかった。私は田村の家で、母が見たら泣きだすようなことをしていたのである。

その時、田村は、自分の机の引出しから、新聞紙に包んだ葉書の束のようなものを取りだしていた。そして、何かを私にそっと教える際、いつもやるうすら笑いを頬にうかべた。

「これ、そこらで売っとる代物と違うのやで」

新聞紙の中には十枚ほどの写真がはいっていた。写真は洗いがわるいせいか、縁が黄色く変色している。影のなかで男の暗い体と女の白い体とが重なりあっている。女は眉をよせ苦しそうだった。私は溜息をつき、一枚一枚をくりかえして見た。

「助平。もうええやろう」

どこかで電話がなり、誰かが出て、走ってくる足音がした。素早く田村は写真を引出しに放りこんだ。女の声が私の名を呼んだ。

「早う、お帰り。あんたの母さん、病気で倒れたそうやがな」

「どないしてん」

「どないしたんやろ」私はまだ引出しの方に眼をむけていた。「どうして俺、ここにいること、知ったんやろな」

私の母が倒れたと言うことよりも、なぜ、ここに来ているのがわかったのかと不安になっていた。彼の父親が遊廓をやっていると知ってから、母は、田村の家に行くことを禁じていたからである。それに母が心臓発作で寝こむのは、近頃、そう珍しいことではなかった。しかし、その都度、名前は忘れたが、医師がくれる白い丸薬を飲むことで、発作は静まるのだった。

私はのろのろと、まだ陽の強い裏道を歩いた。売地とかいた野原に錆びたスクラップが積まれていた。横に町工場がある。工場では何を打っているのか、鈍い、重い音が規則ただしく聞えてくる。自転車にのった男が向うからやってきて、その埃っぽい雑草のはえた空地で立小便をしはじめた。

家はもう見えていた。いつもと全く同じように、私の部屋の窓が半分あいている。家の前では近所の子供たちが遊んでいる。すべてがいつもと変りなく、何かが起った気配はなかった。玄関の前に、教会の神父が立っていた。

「お母さんは……さっき、死にました」

彼は一語一語を区切って静かに言った。その声は馬鹿な中学生の私にもはっきりわかるほど、感情を押し殺した声だった。その声は、馬鹿な中学生の私にもはっきりわかるほど、皮肉をこめていた。

奥の八畳に寝かされた母の遺体をかこんで、近所の人や教会の信者たちが、背をまげて坐っていた。だれも私に見向きもせず、声もかけなかった。その人たちの固い背中が、すべて、私を非難しているのがわかった。

母の顔は牛乳のように白くなっていた。眉と眉との間に、苦しそうな影がまだ残っていた。私はその時、不謹慎にも、さっき見たあの暗い写真の女の表情を思いだした。この時、はじめて、自分のやったことを自覚して私は泣いた。

桶の水をかけ終り、菊の花を墓石にそなえつけた花器にさすと、その花に、さきほど顔の回りをかすめていた虫が飛んできた。母を埋めている土は武蔵野特有の黒土である。私もいつかはここに葬られ、ふたたび少年時代と同じように、彼女と二人きりでここに住むことになるだろう。

助役は私に、何故、かくれなどに興味を持つのかとたずねたが、いい加減な返事をしておいた。

かくれ切支丹に関心を抱く人は近頃、随分、多くなっている。比較宗教学の研究家たちには、この黒教と呼ばれる宗教は恰好の素材である。NHKも幾度か、五島や生月のかくれたちをテレビで写したし、私の知っている外人神父たちも、長崎に来ると、たずねまわる方が多いようである。だが、私にとって、かくれが興味があるのは、たった一つの理由のためである。それは彼等が、転び者の子孫だからである。その上、この子孫たちは、祖先と同じように、完全に転びきることさえできず、生涯、自分のまやかしの生き方に、後悔と暗い後目痛《うしろめた》さと屈辱とを感じつづけながら生きてきたという点である。

切支丹時代を背景にしたある小説を書いてから、私はこの転び者の子孫に次第に心惹かれはじめた。世間には嘘をつき、本心は誰にも決して見せぬという二重の生き方を、一生の間、送らねばならなかったかくれの中に、私は時として、自分の姿をそのまま感じることがある。私にも決して今まで口には出さず、死ぬまで誰にも言わぬであろう一つの秘密がある。

その夜、神父や次郎さんや助役さんと酒を飲んだ。昼食の時、給仕をしてくれたおばさんの修道女が、大きな皿に生海胆《なまうに》と鮑とをいっぱいに盛って出してくれた。地酒は、甘すぎて、辛口しか飲まぬ私には残念だったが、生海胆はあの長崎のものが古いと思われるほど、新鮮だった。さっきまで、やんでいた雨がまた降りはじめた。酔った次郎さんが、唄を歌いはじめた。

むむ　参ろうやなア　参ろうやなあ
パライゾの寺にぞ、参ろうやなあ
むむ
パライゾの寺とな　申するやなあ
広い寺とは申するやなあ
広いなあ狭いは、わが胸にであるぞやなア

この歌は私も知っていた。二年前、平戸に行った時、あそこの信者が教えてくれたからである。リズムは把えがたく憶えられなかったが、今、どこかもの悲しい次郎さんの歌声を聞いていると、眼にかくれたちの暗い表情が浮んでくる。頬骨が出て、くぼんだ眼で、どこか一点をじっと見ている顔。長い鎖国の間、二度とくる筈のない宣教師たちの船を待ちながら、彼等はこの唄を小声で歌っていたのかもしれぬ。

「不動山の高石つぁんの牛が死んだとよ。よか牛じゃったがなア」

神父はあの東京のパーティであった時とは違っていた。一合ほどの酒で、もう首まで赤黒くなりながら、助役を相手に話している。今日一日で、神父も次郎さんもどうやら私に他国者《よそもの》意識を棄ててくれたのかも知れぬ。東京の気どった司祭たちとちがって農民の一人といったこの司祭に、次第に好意を感じてくる。

「不動山の方にもかくれはいますか」

「おりまっせん。あそこは、全部、うちの信者ですたい」

神父は少し胸を張って言い、次郎さんと助役さんは重々しい顔でうなずいた。朝から気づいたことだが、この人たちはかくれを軽蔑し、見くだしているようである。

「そりゃア、仕方なかですたい。つき合いばせんとじゃから。いわば結社みたいなもんですたい、あの人たちは」

五島や生月ではかくれは、もうこの島ほど閉鎖的ではない。ここでは信者たちでさえ彼等の秘密主義に警戒心を抱いているようにみえる。だが、次郎さんや中村さんだって、かくれの先祖を持っているのである。それに二人が今、気がついていないのが、少し、おかしかった。

「一体、何を拝んでいるのでしょう」

「何を拝んどりますか。ありゃア、もう本当の基督教じゃなかです」神父は困ったように溜息をついた。「一種の迷信ですたい」

また、面白い話をきいた。この島では、カトリック信者が、新暦でクリスマスや復活祭を祝うのにたいし、かくれたちは旧暦でそっと同じ祭を行うのだそうである。

「いつぞや、山ばのぼっとりましたらな、こそこそと集まっとるです。あとで聞いたら、あれがかくれの復活祭でしたたい」

助役と次郎さんとが引きあげたあと、部屋に戻った。酒のせいか、頭が熱っぽいので窓をあけると、太鼓を叩くような海の音が聞える。闇はふかくひろがっていた。海の音が更にその闇と静寂とを深くしているように私には思えた。今まで色々なところで夜を送ったが、このような夜のふかさは珍しかった。

私は、長い長い年数の間、この島に住んだかくれたちも、あの海の音を聞いたのだなと感無量だった。彼等は肉体の弱さや死の恐怖のため信仰を棄てた転び者の子孫である。役人や仏教徒からも蔑まれながら、かくれは五島や生月や、この島に移住してきた。そのくせ、祖先たちからの教えを棄てきれず、と言っておのが信仰を殉教者たちのように敢然とあらわす勇気もない。その恥ずかしさをかくれはたえず嚙みしめながら生きてきたのだ。

頬骨が出て、くぼんだ眼で、じっと一点を見つめているような、ここ特有の顔は、そうした恥ずかしさが次第につくりあげたものである。昨日、一緒にフェリー・ボートに乗った四、五人の男たちも次郎さんも助役も、そんな同じような顔をしている。そしてその顔に、時折、狡さと臆病との入りまじった表情がかすめる。

かくれの組織は、五島や生月やここでは多少の違いがあるが、司祭の役割をするのが、張役とか爺役で、その爺役から、みんなは、大切な祈り《オラショ》を受けつぎ、大事な祭の日を教えられる。赤ん坊が生れると洗礼をさずけるのは、水方である。所によっては爺役と水方とを兼任させる部落もある。そうした役職は代々、世襲制にしているところが多い。その下に更に五軒ぐらいの家で、組を作っている例を、私は生月で見たことがある。

かくれたちは勿論、役人たちの手前、仏教徒を装っていた。檀那寺《だんなでら》をもち、宗門帳にも仏教徒として名を書かれていた。ある時期には、祖先たちと同じように、役人たちの前で踏絵に足をかけねばならない時もあった。踏絵を踏んだ日、彼等は、おのが卑怯さとみじめさを嚙みしめながら部落に戻り、おテンペンシャと呼ぶ緒でつくった縄で体を打った。おテンペンシャは、ポルトガル語のデシピリナを、彼等が間違えて使った言葉で、本来「鞭」という意味だそうである。私は東京の切支丹学者の家で、その鞭《おテンペンシャ》を見たことがある。四十六本の縄をたばねたもので、実際、腕を叩いてみるとかなり痛かった。かくれたちはこの鞭で身を打つのである。

だがそんなことで、彼等の後日痛さが晴れるわけではなかった。裏切者の屈辱や不安が消えるわけではなかった。殉教した仲間や自分たちを叱咤した宣教師のきびしい眼が遠くから彼等をじっと見つめていた。その咎めるような眼差しは心から追い払おうとしても追い払えるものではなかった。だから彼等の祈り《オラシヨ》を読むと、今の基督教祈禱書の翻訳調の祈りとはちがった、たどたどしい悲しみの言葉と許しを乞う言葉が続いているのだ。字をよめぬかくれたちが、一つ一つ口ごもりながら呟いた祈りはすべてその恥ずかしさから生れている。「でうすのおんはあ、サンタマリア、われらは、これが、さいごーにて、われら悪人のため、たのみたまえ」「この涙の谷にて、うめき、なきて、御身にねがい、かけ奉る。われらがおとりなして、あわれみのおまなこを、むかわせたまえ」

私は闇のなかの海のざわめきを聞きながら、畠仕事と、漁との後、それらのオラシヨを嗄れた声で呟いているかくれの姿を心に思いうかべる。彼等は自分たちの弱さが、聖母のとりなしで許されることだけを祈ったのである。なぜなら、かくれたちにとって、デウスは、きびしい父のような存在だったから子供が母に父へのとりなしを頼むように、かくれたちはサンタマリアに、とりなしを祈ったのだ。かくれたちにマリア信仰がつよく、マリア観音を特に礼拝したのもそのためだと私は思うようになった。

寝床に入っても、寝つかれなかった。うすい蒲団のなかで、私は小声で、さっき次郎さんが教えてくれた唄の曲を思いだそうとしたが無駄だった。

夢を見た。夢のなかで、私は胸の手術を受けて病室に運ばれてきたばかりらしく、死体のようにベッドに放り出されていた。鼻孔には酸素ボンベにつながれたゴム管が入れられ、右手にも右足にも針が突っこまれていたが、それはベッドに括りつけた輸血瓶から血を送るためだった。私は意識を半ば失っている筈なのに、自分の手を握ってくれている灰色の翳が誰かわかっていた。それは母で、母のほか病室には医師も妻もいなかった。

母が出てくるのはそんな夢のなかだけではなかった。夕暮の陸橋の上を歩いている時、ひろがる雲に、私はふと彼女の顔を見ることがあった。酒場で女たちと話をしている時、話が跡切《とぎ》れて、無意味な空白感が心を横切る折、突然、母の存在を横に感じることもある。真夜中まで、上半身を丸めるようにして仕事をしている時、急に彼女を背後に意識することもある。母はうしろから、こちらの筆の動きを覗きこむような恰好をしている。仕事の間は、子供はもちろん、妻さえ、絶対に書斎に入れぬ私なのに、その場合、ふしぎに母は邪魔にならない。気を苛立たせもしない。

そんな時の母は、昔、一つの音を追い求めてヴァイオリンを弾き続けていたあの懸命な姿でもない。車掌のほかは誰もいない、阪急の一番電車の片隅でロザリオをじっと、まさぐっていた彼女でもない。両手を前に合わせて、私を背後から少し哀しげな眼をして見ている母なのである。

貝のなかに透明な真珠が少しずつ出来あがっていくように、私は、そんな母のイメージをいつか形づくっていたのにちがいない。なぜなら、そのような哀しげなくたびれた眼で私を見た母は、ほとんど現実の記憶にないからだ。

それがどうして生れたのか、今では、わかっている。そのイメージは、母が昔、持っていた「哀しみの聖母《マーテル・ドロロサ》」像の顔を重ね合わせているのだ。

母が死んだあと、彼女の持物や着物や帯は、次々と人が持っていった。形見分けと言って、中学生の私の眼の前で叔母たちはまるでデパートの品物をひっくりかえすように、箪笥の引出しに手を入れていたが、そのくせ、母には最も大事だった古びたヴァイオリンや、長年使っていたボロボロの祈禱書や針金が切れかかったロザリオには見向きもしなかった。そして叔母たちが、棄てていったもののなかに、どこの教会でも売っているこの安物の聖母像があった。

私は母の死後、その大事なものだけを、下宿や住まいを変えるたびに箱に入れて持って歩いた。ヴァイオリンはやがて絃も切れ、罅《ひび》がはいった。祈禱書の表紙も取れてしまった。そしてその聖母像も昭和二十年の冬の空襲で焼いた。

空襲の翌朝は真青な空で、四谷から新宿まで褐色の焼けあとがひろがり、余燼《よじん》は至る所にくすぶっていた。私は自分のいた四谷の下宿のあとにしゃがみ、木切れで、灰の中をかきまわし、茶碗のかけらや、僅かな頁の残った字引の残骸をほじくり出した。しばらくして何か固いものにさわり、まだ余熱の残った灰のなかに手を入れると、その聖母の上半身だけが出てきた。石膏はすっかり変色して、前には通俗的な顔だったものが更に醜く変っていた。それも今では歳月を経るにしたがって、更に眼鼻だちもぼんやりとしてきている。結婚したあと、妻が一度、落したのを接着剤でつけたため、余計にその表情がなくなったのである。

入院した時も私はその聖母を病室においていた。手術が失敗して二年目がきた頃、私は経済的にも精神的にも困《こう》じ果てていた。医師は私の体に半ば匙を投げていたし、収入は跡絶《とだ》えていた。

夜、暗い灯の下で、ベッドからよくその聖母の顔を眺めた。顔はなぜか哀しそうで、じっと私を見つめているように思えた。それは、今まで私が知っていた西洋の絵や彫刻の聖母とはすっかり違っていた。空襲と長い歳月に罅が入り、鼻も欠けたその顔には、ただ、哀しみだけを残していた。私は仏蘭西に留学していた時、あまたの「哀しみの聖母《マーテル・ドロロサ》」の像や絵画を見たが、もちろん、母のこの形見は、空襲や歳月で、原型の面影を全く失っていた。ただ残っているのは哀しみだけであった。

おそらく私はその像と、自分にあらわれる母の表情とをいつか一緒にしたのであろう。時にはその「哀しみの聖母」の顔は、母が死んだ時のそれにも似て見えた。眉と眉との間にくるしげな影を残して、蒲団の上に寝かされていた、死後の母の顔を私ははっきりと憶えている。

母が、私に現われることを妻に話したことはあまりない。一度、それを口に出した時、妻は口では何かを言ったが、あきらかに不快な色を浮べたからである。


ガスは一面にたちこめていた。

そのガスのなかから、からすの鳴く声がきこえてきたので、部落がやっと近くなったことがわかる。ここまで来るまでは、やはり肺活量の少ない私には相当の難儀だった。山道の傾斜もかなり急だったが、それより次郎さんから借りた長靴では粘土の道が滑るので閉口した。

これでも良い方なのだと、中村さんが弁解する。昔は、このガスでは見えぬが南にある山道しかなくて、部落まで行くには半日がかりだったそうである。そういう尋ねにくい場所に住んだのも、かくれたちが役人の眼を避ける智慧だったのだろう。

両側は、段々畠で、ガスのなかに樹木の黒い翳がぼんやりみえ、からすの鳴き声が更に大きくなった。昨日たずねた岩島の上にも、からすの群れが舞っていたのを思いだした。

畠で働いていた親子らしい女と子供に中村さんが声をかけると、母親は頰かぶりを取って丁寧に頭を下げる。

「川原菊市つぁんの家は、この下じゃったな。東京から、話ばしといた先生さまが来なさったばってん」

子供は私のほうを珍しそうに見つめていたが、母親に叱られて畠のなかを駆けていった。

助役さんの智慧で、町から手土産の酒を買ってきていた。道中は次郎さんが持ってくれたのだが、その一升瓶を受けとり、私は二人のあとから部落に入った。部落のなかで、ラジオの歌謡曲が聞えてきた。モーターバイクを納屋においてある家もある。

「若い者はみなここを出たがりますたい」

「町に行くのですか」

「いや、佐世保や平戸に出かせぎに行っとる者の多かですたい。やはり島ではかくれの子と言われれば働きにくかとでしょう」

からすはどこまでも追いかけてきた。今度は藁ぶきの屋根にとまって鳴いている。まるで我々の来たことをここの人たちに警告しているようである。

川原菊市さんの家は、ほかの家よりやや大きく、屋根も瓦ぶきで、うしろ側に楠の大木がある。その家を見ただけで、私は菊市さんが「爺役」——つまり、司祭の役をしているのだとすぐわかった。

私を外に待たしたまま、中村さんは、しばらく家の中で、家族と交渉していた。さっきの子供が、ずりさがったズボンに手を入れて、少し離れたところで私たちを見ていた。気がつくとこの子供は泥だらけのはだしである。からすがまた鳴いている。

「厭がっているようですね、我々に会うのを」

次郎さんに言うと、

「ナーニ、助役さんが話せば、大丈夫ですたい」

私を少し安心させてくれた。

やっと話がついて土間のなかに入ると、一人の女が、暗い奥からこちらをじっと見ている。私は一升瓶を名刺代りだと差し出したが返事はなかった。

家のなかはひどく暗い。天候のせいもあるが、晴れていてもこの暗さはそれほど変りあるまいと思われるほどだった。そして、一種独得の臭いが鼻についた。

川原菊市さんは六十ほどの年寄りで、私の顔を直視せず、どこか別のところを見つめているような怯えた眼つきで返事をする。その返事も言葉少なく、できれば、早く帰ってほしいような感じだった。話が幾度か跡切れるたび、部屋のなかは勿論、土間の石臼や莚《むしろ》や藁の束にまで私は視線をむけた。爺役の杖か、納戸神のかくし場所を探していたのである。

爺役の杖は、爺役だけの持つもので、洗礼を授けに行く時は樫の杖を使い、家払いにはグミの杖を使うが決して竹は用いない。それは切支丹時代に、司祭が持った杖を真似たことは明らかである。

注意ぶかく見たのだが、もちろん杖も納戸神のかくし場所もわからない。私はやっと菊市さんたちの伝承している祈り《オラショ》をきいたが、そのオラショは、他のかくれたちの祈りと全く同じで、たどたどしい悲しみの言葉と許しを乞う言葉で埋められていた。「この涙の谷にてうめき、なきて御身にねがい、かけ奉る」菊市さんは一点を見つめたまま、一種の節をつけながら呟いた。「我等が御とりなして、あわれみのおまなこを、むかわせたまえ」その節まわしは昨夜、次郎さんが歌った歌と同じように、不器用な言葉をつなぎあわせ、何ものかに訴えているようだった。

「この涙の谷にて、うめき、なきて」

私も菊市さんの言葉を繰りかえしながら、その節を憶えようとした。

「御身にねがい、かけ奉る」

「御身にねがい、かけ奉る」

「あわれみのおまなこを」

「あわれみのおまなこを」

瞼の裏に、年に一度、踏絵を踏まされ寺参りを強いられた夜に部落に戻った後、この暗い家の中でそれら祈りを唱えるかくれたちの姿が浮んでくる。「われらが、おとりなして、あわれみの、おまなこを……」

からすが鳴いている。私たちはしばらくの間、黙って、縁側のむこうに一面ながれてくるガスを眺めていた。風が出てきたのか、乳色のガスの流れは速くなっている。

「納戸神を、見せて……もらえないでしょうか」

私は口ごもりながら頼んだが菊市さんの眼は別の方向にむいたまま、返事がない。

納戸神とは、言うまでもなく別に切支丹用語ではなくて、納戸に祭る神の意味だったが、かくれたちの間では自分の祈る対象を、人目に最もつかぬ納戸にかくして、世間には納戸神と呼び役人の眼を誤魔化していたのである。そしてその納戸神の実体を、信仰の自由を認められた今日でさえ、かくれたちは異教徒《ゼンチヨ》に見せたがらない。異教徒《ゼンチヨ》に見せれば、納戸神に穢れを与えると信じているかくれも多いのである。

「折角、東京から来なさったんじゃ。見せてあげたらよか」

中村さんが少しきつく頼むと、菊市さんはやっと腰をあげた。

そのあとから我々が土間を通りすぎると、さっきの暗い部屋から女が異様なほど眼をすえてじっとこちらを見つめていた。

「気をつけなっせ」

腰をかがめねば通れぬ入口を通り納戸にはいる時、次郎さんが背後から注意してくれた。土間よりも、もっと薄暗い空間には、藁と馬鈴薯の生ぐさい臭いがする。真向いに蠟燭をおいた小さな仏壇がある。偽装用のものであろう。菊市さんの視線は左の方に向いている。その視線の方向に入口から入ってもすぐには眼に入らぬ浅黄《あさぎ》色《いろ》の垂幕が二枚、垂れている。棚の上には餅と、神酒《みき》の白い徳利とが置かれている。菊市さんの皺だらけな手が、その布をゆっくりとめくりはじめる。黄土色の掛軸の一部分が次第に見えてくる。「絵ですたい」うしろで次郎さんが溜息をついた。

キリストをだいた聖母の絵――。いや、それは乳飲み児をだいた農婦の絵だった。子供の着物は薄藍《うすあい》で、農婦の着物は黄土色で塗られ、稚拙な彩色と絵柄から見ても、それはここのかくれの誰かがずっと昔描いたことがよくわかる。農婦は胸をはだけ、乳房を出している。帯は前むすびにして、いかにもの ら着だという感じがする。この島のどこにもいる女たちの顔だ。赤ん坊に乳房をふくませながら、畠を耕したり網をつくろったりする母親の顔だった。私はさきほど頬かむりをとって助役さんに頭をさげていたあの母親の顔を急に思いだした。次郎さんは苦笑している。中村さんも顔だけは真面目を装っていたが、心のなかでは笑っていたにちがいない。

にもかかわらず、私はその不器用な手で描かれた母親の顔からしばし、眼を離すことができなかった。彼等はこの母の絵にむかって、節くれだった手を合わせて、許しのオラショを祈ったのだ。彼等もまた、この私と同じ思いだったのかという感慨が胸にこみあげてきた。昔、宣教師たちは父なる神の教えを持って波濤万里《はとうばんり》、この国にやって来たが、その父なる神の教えも、宣教師たちが追い払われ、教会が毀《こわ》されたあと、長い歳月の間に日本のかくれたちのなかでいつか身につかぬすべてのものを棄てさりもっとも日本の宗教の本質的なものである、母への思慕に変ってしまったのだ。私はその時、自分の母のことを考え、母はまた私のそばに灰色の翳のように立っていた。ヴァイオリンを弾いている姿でもなく、ロザリオをくっている姿でもなく、両手を前に合わせ、少し哀しげな眼をして私を見つめながら立っていた。

部落を出るとガスが割れて、はるかに黒い海が見えた。海は今日も風が吹き荒れているらしかった。昨日たずねた岩島はみえぬ。谷には霧がことさらふかい。からすが霧にうかぶ木々の影のどこかで鳴いている。「この涙の谷にて、われらがおとりなして、あわれみのおまなこを」私は先程、菊市さんが教えてくれたオラショを心のなかで呟いてみた。かくれたちが唱えつづけたそのオラショを呟いてみた。

「馬鹿らしか。あげんなものば見せられて、先生さまも、がっかりされたとでしょ」

部落を出た時、次郎さんは、それがいかにも自分の責任のように幾度かわびた。助役さんは我々の前を途中で拾った木の枝を杖にして、黙って歩いていた。その背中が固い。彼が何を考えているのかはわからなかった。

初恋

初恋は小学校三年の時である。今から四十五年前の話だが相手の名前もはっきり憶えている。早川エミ子と言って、クラスこそ別だったが、同じ学年だった。

三年生のあの日になるまで、その子を意識したことはなかった。そんな子がいると気づきもしなかった。だが、あの日、私は彼女を知ってびっくりしてしまったのだ。

あの日とは学芸会の最初の稽古の日である。その年、三年生は「青い鳥」をやることになっていた。クラスから五人ほどこの芝居に出るのが決り、私もなかに入れられて大得意だった。学校から飛ぶように家に走って帰り、息はずませて、

「学芸会に出るんだぜ。学芸会に」

玄関をあけるなり大声をあげた。

「へえ。あなたが」

ヴァイオリンを稽古していた母が驚いてたずねた。二歳上の兄とちがい、私は学業成績も運動神経も悪く、学芸会に選ばれたことなどなかったのだ。

「それで何の役」

「パンの役」

「青い鳥にパンの役あったかしらねえ。言葉はいくつぐらい、しゃべるの」

途端に私は当惑して黙ってしまった。たしかにパンの役だったが、台詞はまったくなくて、ただ「パン」という二文字を書いたボール紙を首にぶらさげ、舞台の端に立つだけだったのである。

事情を知ると母親は情けなさそうな顔をした。しかし、気をとりなおし慰めるように、

「でも五人のうちの一人だものね。よかったわね」

と、とって附けたように言った。

最初の稽古の日、チルチル役の男の子とミチル役の早川エミ子とが音楽の先生に歌を歌わされたり、おどったりするのを端役たちはじっと見学していた。この時はじめて私は彼女の存在を知ったのである。

私は……文字通り雷にうたれたように驚愕し、ひたすら仰天して彼女だけを凝視していた。九歳になるまで、この世にかくも可愛《かわ》いい、かくも美しい女の子がいると知

らなかった。彼女が歌うと私は体が熱くなり、彼女がおどると私は口をポカンとあけていた。稽古がすみ、放課後でがらんとした廊下を一同が帰りはじめると、私は彼女をつけてやろうと急に決心をしたのだった。

言い忘れたが私はその時、大連に住んでいた。満洲のあのアカシヤの大連である。そして私の小学校は大広場小学校と言った。

学校のそばの大広場という広場をぬけ早川エミ子は女の友だちと満鉄病院にむかう坂道をのぼっていった。幸いなことに私の家もその満鉄病院のすぐ近くにあった。その坂道をのぼりつめた地点で彼女は友だちと手をふって別れ、赤いランドセルの音をたてながら煉瓦づくりの家に走りこんだ。ははあ、ここが彼女の家かと私は思ったがその彼女が尾行に気づいたかどうかは知らない。

家に戻ると五年生の兄が庭でボール遊びを一人でやっていた。お手伝いさんにおやつをもらい、食べながら庭の塀にボールをぶつけている兄を見ていると、母親が姿を見せ、

「周ちゃん、お使いに行ってくれない」

おはぎを作ったのでその重箱を近所の家まで届けてくれと言う。

「風呂敷を必ず、持って帰るのよ」

仕方なく重箱をかかえて外に出た。歩きながら早川エミ子のことを考えた。何とか

して彼女と接触し、遊びたいものだと思ったのだ。

母の友人の家に行き、重箱をわたし、風呂敷をもらった。そして、それを頭にのせて学帽をかむった。こうすれば風呂敷をなくすことはまずないと思ったのである。そしてまた早川エミ子のことを考え、彼女のおどっている姿を心に思い浮かべた。

反対の歩道で知りあいのおばさんに会った。私は「今日は」と帽子をぬいで挨拶し、そして家に戻った。「風呂敷は」と母に言われ、帽子のなかを見るとなかった。「あッ」と気がついた。帽子をぬいで頭をさげた時、落したのである。エミ子のことをあまり考えていたためにわからなかったのだ。走って探しに行ったが、風呂敷はどこにもみえない。誰かが拾って持っていったのだろう。

学校に行くのが苦しくなった。廊下で彼女をみると、理由もないのに教室にかくれた。校庭で縄とびをしている彼女の近くまでは寄れず、遠くで馬鹿のようにその姿をぬすみ見ていた。そのくせ、学芸会の稽古が終ると、相変らず下校するそのうしろを、とぼとぼと尾行しては、彼女が家に入るのを見届けるのだった。遂に私はたまらなくなり、自分の気持を母にうちあけた。

「周ちゃんが」母は面白がって自分の友だちにそれをしゃべった。「今度、学芸会で一緒に出る女の子が好きになったんですって」

学芸会の日、母はその友だちと一緒に学校にやってきた。私は先生から「パン」と大きく書いたボール紙を首にかけさせられ、舞台の隅に棒のように立ち、早川エミ子はチルチル役の優等生の男の子と歌ったり、おどったりした。

私が傷つけられたのは自分が彼女の相手役になれなかったと言うことではなかった。学芸会が終って家に帰ると、母が共に見物に行った友だちと応接間で話をしていた。そして私を見ると、

「おや、おや、あなたの好きな子、そんなに可愛《かわ》いくもなかったわよ」

と言ったことだった。母の友だちも一緒になって笑いころげた。彼女たちにとってはそれは何でもない軽口だったかもしれない。しかし私の心は甚しく傷つけられた。二度と母にはあの子のことを話すまいと思った。


私が彼女のことを打ちあけたのは横溝元輔という級友と家で飼っている犬のクロとだった。モッちゃんと皆に呼ばれているこの子は一度、落第をして同じクラスに入った温和しいが私以上に勉強の出来ない子供だった。クロは満洲犬で私の家に仔犬の時から飼われていて、いつも私の遊び相手だった。モッちゃんは私の話をきくと、遠くでも見るような眼つきをして何も答えなかった。彼には私の心情がよく理解できなかったらしい。

モッちゃんに打ちあけてから、早川エミ子を尾行する時、彼が一緒についてきてく

れた。彼が私の初恋に興味を持ったためでなく、学校がすむと私たち二人はいつも一緒に遊んでいたからにすぎない。他の子供は彼をあまり相手にしなかったようだ。

満鉄病院までの坂道を早川エミ子が友だちと一緒にのぼっていく。街路樹のアカシヤの花が風に吹かれて虚空に舞っている。日本人街のその坂道をのぼりつめると女の子は左右に別れていく。それを百米ほどうしろから私とモッちゃんがそっと従いていく。

彼女が私たちの尾行に気づきはじめたのはこの頃のようだ。それは彼女とその友だちが時々、こちらをふりかえり、さも不快げに足を早めたり、一人になると走るようにして赤煉瓦づくりの自分の家に姿を消すことで私にもよくわかった。

自分が嫌われているという予感と、そうでないかもしれないという希望的な観測で私はくるしんだ。九歳の子供の初恋も大人の恋愛とそんなに違いはない。同じような心理に悩み、同じようにふかい溜息をつくのである。私は遂に決心をした。彼女に声をかけようと思ったのだ。ある日、アカシヤの花の舞う坂道でモッちゃんと声をそろえて叫んだのだった。

「なんだ。偉そうにすな。ミチルの役をやったぐらいで」

それが私の愛の言葉だった。心とはまったく裏腹のこの言葉を百米先に歩いている彼女にかけることで、自分に関心をひこうとしたのである。

「なんだ」モッちゃんは私の真似をして、もっと大きな声を出した。

「偉そうにすな。ミチルの役をやったぐらいで」

早川エミ子は赤い鞄を背でふりながら走りはじめた。私の本当の心を知らず、二人の苛《いじ》めっ子が自分を苛めるために追いかけていると錯覚したのである。

「なんだ。なんだ」

私は靴で石を自棄《やけ》糞《くそ》になって蹴った。モッちゃんも真似をした。

「なんだ。なんだ」

その翌日から早川エミ子とその友だちとは私たちをまったく黙殺した。ふり向きもしなかった。私はたまらなくなり小石をひろって彼女たちに投げた。モッちゃんはもっと大きな石を放った。これっぽっちも彼女を苛めようという気持は私にはなく、ただ彼女がこの気持を少しも理解してくれない悲しみが、そんな行為にさせたのだ。
二、三日して酒井先生に放課後よばれた。私とモッちゃんとを前にたたせて、
「お前たち、女の子に石を投げただろ」

詰襟の黒い服を着た中年の先生は湯呑茶碗を握りながら強い声を出した。

「三年生にもなって、なぜ、そんなことをする」

モッちゃんは何時ものことながら、鼻汁のついた洋服の腕を顔にあてて泣きはじめ、私は黙ってうつむいていた。

その頃から少しぐれはじめた。恥ずかしい話だが母の装身具をひとつ盗んで、それを近所の中国人の雑貨屋に持っていった。どうしてそんな悪智慧が自分にあったのか、今もってわからない。

雑貨屋の中国人は私に五十銭をくれた。その五十銭で菓子を買い、モッちゃんと二人でたべた。

つり銭をどこにかくして良いのかわからなかった。私は他の子供たちのように買い食いは禁じられていたし、少年雑誌や鉛筆を買う時はそのつど、母から金をもらっていたからポケットに彼女の知らぬ銅貨を入れておけば問いつめられるに決っていた。

家の前にアカシヤ並木の一本があった。兄たちがいつもそのアカシヤをベースにして野球をやっていた。私はモッちゃんとその褐色の樹の下をほり、つり銭を埋めた。そして二人で学校から戻ると、そのなかから十銭ずつ出して買い食いにつかった。この盗みと秘密とは私が母を裏切った最初の行為だった。母や先生が私の気持をわかってくれないから、こんなことをするのだと自分に言いきかせた。

早川エミ子のあとをつけるのはもうやめた。しかし彼女にたいする気持が終ったのでは決してなかった。

運動会の時、私とモッちゃんとはいつもびりっ子だったが、体操用の黒いブルーマーをはいて、赤い鉢巻をしてリレーに出場する彼女を生徒席から陰険な眼で見送っていた。バトンを右手で受けとり、小鹿のように早川エミ子は他の選手の間を通りぬけていく。それはもう私の手の届かない女の子だった。手が届かないから、私は、

「偉そうにしやがって」

と地面に唾を吐き、モッちゃんも私の真似をして、

「偉そうにしやがって」

と同じ言葉を言った。そして彼女が他の女の子たちに囲まれて顔を上気させながら戻ってくると、

「お前、駄目じゃないか」

と負けた私のクラスの女の子に嫌味を言った。

その頃から私の家庭にある変化が起りはじめた。父と母との仲がある事情から急に悪くなって、父は時々、家を留守にするようになったのである。

それまで明るかった、そして友だちを家によく招いていた母がくらい表情で何かを考えこんでいるのは辛かった。今まで学校から戻ると、いつも応接間から聞えていた彼女のヴァイオリンの稽古の音も消えて、家のなかは沈黙に包まれるようになった。

二つ年上の兄はその辛さを逃れるためか、いつも机にかじりついて勉強をしていた。兄のように勉強が好きでない私はモッちゃんにもうち明けられぬこの悲しみを誰に伝えてよいのか、どう誤魔化していいのか、わからなかった。そんな時、飼っている犬

のクロだけが私の話し相手だった。

くらい家に戻りたくなかったから、私は下校の途中でモッちゃんと別れたあとも、時間をできる限りかけて家までたどりつくようにした。小石を蹴り、どこかの家の塀に「タイツリブネニコメヲタベナシ」と白墨で落書し、中国人の馬車引きの馬をじっと眺めて時間をつぶした。タイツリブネニコメヲタベナシとは級友の一人が教えてくれた言葉で、それを逆に読むと私にはまだ理解できぬ淫猥な言葉になるのだった。

門までたどりつくと、夕暮のなかにクロが寝そべっている。クロは私をみて哀しそうな表情をして尾をふる。そのクロだけに私は話しかける。

「こんなの、もう、いやだよ。ぼくは」

クロは哀しそうな眼で私をじっと見つめている。私は鞄のなかから手工用のナイフを出して門の前のアカシヤの樹に文字を彫りつける。「早川エミ子」と。

その五つの文字を私は自分の悲しみの深さだけ彫りこんでいった。それは誰にも気づかれない、誰にもわからない少年の私の心情だった。私はそこに自分の手に届かぬ女の子の名を彫りつけただけではなく、この五文字の名のなかに、まさに離婚しようとする両親を持った子供の悲しみ、大人に理解してもらえぬ子供のもどかしさ、それらすべてをこめてナイフを動かしたのだった。

四十五年の歳月が流れた。あの翌年——つまり私が小学校四年生になった年、母は兄と私とを連れて日本に戻った。父と別居することが決ったのである。以来、長い間、大連の級友にも先生にも会わなかったし、モッちゃんのその後もわからなかった。そして犬のクロも大連で別れたままになってしまった。戦争は我々をたがいに隔て、音信不通にさせてしまった。

それが五年前、思いがけなく大連の小学校の級友から印刷した葉書をもらった。同じ学校の卒業生の集りをやる企てがそこに書いてあった。

東京の大きな中華レストランで開かれたそのパーティで私は見知らぬ中年以上の紳士や婦人にあまた出会った。なかに胸にとめた相手の名前から、その幼な顔の記憶をよび覚される人も何人かいた。その人たちとつよく握手をしながら彼等が私と同じように戦争や戦後に、耐えて生きてきたことをしみじみ感じた。

「モッちゃん——横溝元輔の消息を知りませんか」

誰も首をふった。担任だった酒井先生はとっくに亡くなられ、クラスの者は彼が中学に行かずパン屋で働いていたことまでは知っていたが、その後の消息は不明だった。兵隊にとられ、そして何処かに行ってしまったのだ。

「それでは皆さん」幹事役の人がマイクで皆によびかけた。「最近の大連の写真をスライドでお目にかけます」

電気が消され、壁にかけた白い布に誰かの影がうつり、笑い声がおき、昔のままの大広場や小学校の校舎や運動場がうつされた。

「我々の学校は今は旅大市第六中学校という名に変っています」

中国人の生徒がその校舎や校庭に立っていた。手をあげて数学の勉強をしている光景もうつし出された。

「早川エミ子さんという女の子がいたでしょう。あの人は……」

私は小声でむかしの級友の一人にたずねた。その名を口に出した時、電気を消した広間のなかで私は一寸、顔を赤くしたようだ。

「早川さんは日本に引きあげて、お嫁に行ってから亡くなられたそうですよ」

「亡くなったの」

「なんでも熊本県の田舎で。結核でね」

そうですか、と私はうなずいた。死は私の世代には珍しいことではなかった。戦争と戦後の間に私はどれくらい、たくさんの知りあいを失っただろう。私はもう五十五歳になり、あの悲しみも遠くに見える陽のあたる山のように懐しいものに変っていたのだ。

今年の春、ある出版社に依頼されて、ある作家と思いがけなく四十五年ぶりでその大連に外国船で行くことになった。船が大連——今の旅大市に停泊するのはたった一日半だけれども行ってルポルタージュを書くのが私の頼まれた仕事だった。断わる理由はどこにもなかった。

香港からその外国船にのり、三日目の朝、昔のままの大連港に着いた。日中旅行社の人に迎えられ、私たち二人は「上海」という中国製の車にのった。

「まずどこに行きたいてすか」

若い中国の通訳が私たちにたずねた時、私の友人の作家はむかし彼の姉上が住んでいた家を見たいと答え、私は勿論、自分が少年時代にいた家を訪れたいと即答した。

車は港から四十五年前と何も違わぬ大連に入った。そして大広場をぬけ、むかし満鉄病院があった方向にむかって坂道をのぼった。アカシヤの並木も周りの煉瓦づくりの家も古びてはいるが、すべて昔のままだった。

私はおぼえていた。この道もこの曲り角も、この家も。私の家はすぐ眼近かにあり、その前で中国人の子供たちが遊んでいた。

「おりていいですか」

「とうぞ。とうぞ」

友人は車に残り、私はカメラを肩にかけて自分の昔の家の前にたった。子供たちが近くから私を珍しそうに眺めていた。家は私が長い間思っていたほど大きくなかった。

塀も小さかった。でもそれは確かに私の住んだ家だった。赤い屋根も赤煉瓦の塀もすべて記憶があった。そして家の前のアカシヤの並木があまりに老いていた。

（年とったな。あんたも俺も）

アカシヤの幹をいたわるようにさすりながら私はひとりで呟いた。私も年をとり、この樹も年をとったが、この樹は私とちがって四十五年間、この場所から一歩も動かなかったのだ。お前はここで四十五年を過したのか。そう考えた瞬間、胸に小学生時代のこの樹に結びついた思い出が走馬燈のように流れはじめた。死んだ兄たちがこの木をベースにして野球をしていた光景が。犬のクロが片足をあげて放尿していた姿が。そして母が。早川エミ子が。

通訳の青年やこちらを距離をおいて見つめている中国人の少年たちにわからぬよう、私は幹にあの五つの文字を探した。なぜか文字は消えていた。しかし黒い、老いた幹をさする私の指はたしかにその五文字を感じた……

大連は一九五一年に旅順市と合併、作中にあるように旅大市となったが、一九八一年に名称を旧に戻した。　編集部

還りなん

夏の日差しの強い午後、府中の石材店で新しい墓石を注文した。

半月前に死んだ兄を、同じ府中のカトリック墓地にある母の墓に埋めるためだ。母の墓があまりに小さいので、これを機会に作りなおすことにしたのである。

「じゃあ、もう一度」半袖シャツの太い腕を掻きながら石材店の主人は、「おっ母《か》さんの御遺体、掘り出しますよ」

三十数年前、母が死んだ当時は、彼女の信仰していたカトリックでは火葬を禁止していた。だから母の遺体は焼かずに棺に入れたまま、このカトリック墓地に運んだ。その棺を人夫の掘った暗い穴のなかに入れ、兄と私とが土をかけた。その頃、私は学生だったし、兄も貧しかったから小さな墓しか作ってやれなかったのである。その兄も今年死に、遺族と私とは母の墓を建てなおし、兄の骨壺もそこに入れることにした。

「掘り出すというと遺体はどうするのですか」

「土葬だったからまず警察に届けてね。火葬場であらためて焼いてもらいます。それから、新墓地が出来るまで、仏さん、お宅があずかってくださいな」

こわかった。三十数年ぶりで母の遺体が土のなかから現われる。もう骨だけになった彼女の姿を見るのは怖しい気がする。聖書のラザロの復活ではないが、ふたたび母が陽の光のなかに起きあがり、昔のように今日までの私の信仰うすき生き方を指さしてとがめてくる気さえする。

暑い日差しのなかを、少したじろいだ気持で家に戻った。食堂で妻と妻の従姉とが西瓜《すいか》をたべていた。

「痩せましたね」

従姉は妻の眼くばせに気づかず、無遠慮に私の体をじろじろ見まわして気になることを口に出した。妻は急いで話題をかえた。

「お墓のこと、どうでした」

私は、墓石は頼んだが、お袋の遺体を掘り出すことになったとぼそぼそと答えた。

「それを火葬場でもう一度焼かなくちゃいけないんだ」

「へえ、カトリックでは土葬。知らなかったわ」と妻の従姉は一寸、蔑むように「なぜ」

「復活があるからなの。でも今じゃ火葬にしてもいいことに変ったんだけど」

復活という言葉を聞くと従姉は、まやかしの品物でも見るような眼つきで私をじっと眺めた。もし母がここにいたら断乎として復活についての彼女の信念をぶちまけるだろうと思いながら、それができぬ自分を感じた。

「ねえ」と妻はまた話題を変えて「姉さんが頼みがあるんですって。犬を盗みに行ってほしいって」

「犬を盗む」びっくりした私は「俺が……」

「ええ、そうよ」従姉は平然としていた。「とってもとっても可哀そうな犬よ」

話はこうだった。従姉の家のすぐ近くに女房と死にわかれた左官屋がいる。酒癖がわるい上に細君の飼っていた犬を毎晩、叩くのだそうである。犬は一日中、綱につけられ、散歩にも連れて行かれず、食事もろくに与えられていない。だから夜になるとしきりに鳴くが、そのたび毎《ごと》にまた殴られるのだ。

「あんまりあわれだからね。私、二、三度、御飯を持っていってやった。何しろ猫と同じようにニャアと鳴けと命令して、それができないからと言って叩いているんだから、むごいじゃないの」

「誰も何も文句を言わないんですか」

「言ったわよ。そしたら、すごむの。あの左官屋」

「でもこのぼくがなぜ盗まなくちゃならないんです」

「だって、そうでしょ、お宅じゃ、昨年、犬を亡くしたじゃないの。犬小屋だってまだあるし、二人とも犬好きなんだから。え？　わたしの家？　駄目駄目。近所だからすぐ盗んだことがわかるし、猫が二匹もいるんだし」

彼女の言う通り、眼の前の庭にはまだ犬小屋がぽつんと置いてある。その犬小屋で寝起きしていた老犬は十四歳になった時（犬の十四歳は人間の八十歳ぐらいだそうだ）老衰とヒラリヤとで、コスモスの花のなかで居眠りをしたまま息を引きとってしまったのである。私は、彼を庭に埋め、その上に白木蓮の苗を買って植えた。

「申しわけないけど……あの犬小屋にあの犬を飼ってやってくれないかしら」

従姉は食堂から見えるペンキのはげた犬小屋に視線を移しながら今度は低姿勢になった。私は母がここにいたら、飼えないものは飼えないとはっきり断わるだろうと思った。

「でも、盗むと言うのは……」

「大丈夫。盗み出すのはわたしと近所の奥さんとでやるから。あなたたちは車で運んでくれればいいの」

「もし、見つかったら、どうするんです」

「見つかりなんかしないわよ」

私と妻とは結局、押しきられた形になったが、私の気の弱さと好奇心の強さとが従姉の強引に持ちこんだこの話を承諾させてしまったのだ。

「兄貴の供養のためにも、その犬を助けてやろう」

と自分に弁解するように妻にそう言ったが、しかしカトリックだった兄の供養のため、他人の犬を盗むのは矛盾しているような気がしないでもない。
三、四日たった夜、従姉から今夜、決行するという電話があって、晩飯をすますと、妻の運転する車でわが家から高速で四十分ほどの伊勢原まで出かけた。従姉は主人を亡くしたあとも伊勢原に住み、お茶の先生をしているのである。車の中には、万一、犬が吐くのを予想して新聞紙を一面に敷き、大きな風呂敷とドッグフードとポケット・ウイスキーを用意した。ポケット・ウイスキーは勇気を出すため、大きな風呂敷は誰かに発見されかかった時、犬にかぶせるためである。
「お袋の遺体を掘り出す話だが……」

東名道路を走っている時、運転している妻の背を見ながら私は話しかけた。

「その時、立ちあったほうがいいかな」

妻は少し沈黙していたが静かに、

「こわいのね、あなた」

返事をしなかった。こわいことはこわいが、それだけでもないのだ。骨だけに変ってしまった母を見るのは彼女にたいする冒瀆のような気がする。母だって、そんな、露わな姿を息子の眼に曝《さら》したくないだろう。

「行きましょうか、わたしが」

「いや、やはり俺が行く。明後日から九州に出かけるだろ。帰ったら石材店に電話をする」

発掘された古墳の内部がまぶたに浮かんだ。何かのグラフでそんな写真を見たことがあるが、両手両脚を少し歪曲させた骸骨が地面に半ば埋っている。母もそんな姿で地面からあらわれるのだろうか。彼女の人生の苦しみは死んだ兄と私とが一番よく知っていた。彼女の強い信仰も死んだ兄と私とが一番よく知っていた。その苦しみや信仰や人生をすっかり剝ぎとった骸骨の彼女を見たいとは思わなかった。

伊勢原の従姉の家につくと、彼女と共謀者の近所の奥さんは、登山帽に似た帽子をかぶり、男もののズボンをはき、手袋までつけて待機していた。一匹の犬を盗み出すのに、なぜこんな大掃除か全学連の学生のような姿をするのかわからない。二人を車に乗せてしばらく走った。問題の左官屋の家近くで奥さんが車をおり偵察に出かけたが、間もなく息をはずませ戻ってくると、いないわよと声をひそめた。男として手伝わぬわけにもいかぬので、まずウイスキーをあおり、従姉のあとに従いていく。路《みち》は静まりかえり、左官屋の小さな平屋は電燈もつけず無人である。奥さんが大胆にも、こわれた生垣の間から肥った体を入れると、犬の鼻を鳴らす音と鎖のなる音が闇のなかから聞えてきた。彼女は用意してきた綱を犬の首輪に結び、その綱の端を生垣のこわれ目から私に手渡した。

「早く出して、ください」

「出てこないんです、出てこい。こら」

怯えた犬が足をふんばっているのだ。

「出てこい、こら」

「ちょっとォ。大きな声、出さないで」

痩せこけた犬は尾をすぼめ、首でも切られるように頭をさしのべて、蜘蛛の巣だらけになった私の手でずるずると引きずり出された。引きずり出されたその頭を従姉はなでながら猫なで声をだした。

「本当に可哀そうだったねえ。これから撲《ぶ》たれないですむんだから」

彼女が犬に話しかけているのではなく、私に言いきかせているのはよくわかった。長居は無用、犬を車中に押しこみすぐ車を出す。従姉と奥さんとは肩で息をしながら、しきりに自分たちの善行を話しあっている。彼女たちを街灯のあかるい辻でおろし、私と妻とは一目散に東名道路に逃げた。ウイスキーを飲みながら、片手で犬の体にさわると、湿って、痩せこけ、震えていた。

翌朝、庭に出ると、死んだ犬の住んでいた犬小屋の前で、犬はいじけた眼で私を見あげた。しかしよほど空腹なのかドッグフードをやるとアルミの皿を鼻面でふりまわしながら食べつくした。額に傷の痕があってこれは左官屋に叩かれた場所らしい。

この犬のことをかまう間もないうちに、九州に取材に出かけた。島原半島の一角に十六世紀の終り宣教師たちの創立した神学校があって、そこを卒業した日本人たちの何人かを前から気にしていたのだ。彼等の一人はミゲル西田と言って、切支丹《キリシタン》迫害の日本からフィリッピンに逃げ、そこの日本人町で同宿（伝道師）をやっていたが、ふたたび日本に戻って死んだ。そのミゲル西田のふるい手紙が出てきたと言うので私はそれも見ておきたかったのである。

日差しのつよい長崎で、手紙のことを知らせてくれた長崎放送の大辻さんと会った。大辻さんは昔から何かと世話になってきた知人だった。

「平戸の松野という旧家から発見されたとですよ。もう上智大学のJ先生も長崎のP神父さんも調べにこられましたがね」

大辻さんは私を放送局のそばの寿司屋に連れていくと、椅子に腰かけるなりポケットから封筒を出してみせた。なかには問題の手紙の写真が二枚、入っていたが、写真でも蚯蚓《みみず》のような虫食いの痕がよくわかった。「一ふで申入、仍而《よって》こゝもと何事なくそくさいにて参候」までは判読したが、そのあとが続かず、唇についたビールを手でふいて考えていると、大辻さんが助け舟を出して「日本には帰り度く在候へ共、かなはぬ夢に候へば……」

「どうやら、これはミゲル西田がまだ帰国できなかった時の手紙ですね」

「そうです」と大辻さんはうなずいて「P神父さんも一六三〇年頃の手紙であろうと言うておられました。彼が能古島《のこのしま》に密入国をしたのは一六三一年ですもんね。能古島に行かれたことのあるとですか」

「あります」

博多湾のあの小さな島には一度、出かけたことがある。春、私がそこを訪れた時は花見の客でいっぱいで、石ころが多い海岸には空鑵や弁当の空箱が散乱してきたなかった。その能古島ちかくにミゲル西田はフィリッピンから中国人のジャンクでたどりつき、暗夜、上陸したのだ。その後、彼は長崎に潜伏している。そしてその潜伏が背教信徒の密告によって発覚すると、烈しい嵐をおかして逃亡、茂木《もぎ》の山で行き倒れとなり死んだのだ。

「彼のことば」と大辻さんは箸を動かしながら、「来年は書かれるとですか」

「まだわからないんです。何しろ、資料不足で」

「テーマは何です」

「色々、ありますけど……」

言葉を濁して私は泡のついたビールのコップを見つめた。

「なぜミゲル西田が日本に戻ったのかも気になりましてね。戻ったって何時《いつ》かは摑まり、殺されることを承知していながら彼は死場所を求めて帰っている。彼だけじゃない。海の外に追放された切支丹にはそんな連中も多いんです。それがわからない」

「今から出かけてみますか」大辻さんはそう言って急に立ちあがった。「ミゲル西田の死場所だった茂木の山に」

昼すぎの思案橋のあたりは溶鉱炉の火のように烈しい日差しのなかで人と車とで混みあった。大辻さんの運転するカローラは背後の山を登っていった。十数年前、私がこの街を始めて訪れた頃は、人家はあまりなかったが、山腹はその後、訪れるたびに新建材の住宅が増えつつある。この山を越えると、入江と茂木の小さな漁港が見おろせる。茂木は戦国時代、切支丹大名の大村純忠《すみただ》がイエズス会に与えた土地である。人はあまり知らないが、それは日本にできた最初の植民地だった。

「ぼくら子供の頃、茂木まで枇杷《びわ》のなかを汗ばふきふき山越えばして泳ぎに行ったとです」

茂木の山は枇杷畠が多い。車から覗くと、段々畠に枇杷の葉が烈しい光を受けて油のように赫《かがや》いていた。

「あの男は茂木から舟で天草にでも逃げようと思うたですかねえ」

入江が針をまき散らしたように光り、沖に漁船が二隻、平和に浮かんでいる。水平線に天草の島が霞んでいる。だがミゲル西田がここを歩いた時はすさまじい嵐だった。この峠を越えたミゲル西田が何処にひそむつもりだったかはわからない。日本中の何処に逃亡しても所詮、つかまることは知っていただろう。フィリッピンに残っていれば人々に愛され、静かに生きられたのに、この男はやっぱり日本を死場所として戻って来た。

「あれが昔からの道です」大辻さんは枇杷の樹の影を黒く落した道を指さし、「あの道を西田も伝って逃げたとでしょう」

私が最後の息を引きとる場所はどこか決っているのにその場所を前もって私は知らない。でも私もその場所に必ず行くだろうとぼんやり考えた。

翌日、島原半島をまわり、陽に焼け、汗まみれになって帰京した。空港からタクシーで家に戻ると、庭においた犬小屋が消えていた。

「犬は」

玄関で手さげ鞄を妻にわたして訊ねると妻は鞄を胸にかかえたまま、

「それが……逃げたのよ」

「逃げた？」

「あなたが旅行に出たその夜。綱をはずしていなくなったの。随分、探したんだけど」

「伊勢原の姉さんに知らせたのか」

「ええ。やっぱり機嫌悪かったわ」

犬なら――特に雑種の犬ならどんな奴でも好きだが、あのいじけた犬はどうも好感が持てなかった。そんな私の気持を感じて、あの犬も姿をくらましたのかもしれない。

四日後、従姉から連絡があった。逃亡した犬はまたあの左官屋の家に戻っていたのである。左官屋は相変らず犬を一日中、鎖でつなぎ、酔っぱらって叩いていると言う。

「どうして帰れたんでしょう」妻は驚いていた。「どうして帰り道がわかったんでしょう」

犬は苛められるのを知りながら元の飼主の家を四日間、探し歩いたのだ。ミゲル西田も迫害を覚悟でわざわざフィリッピンから死ぬために帰国した。枇杷の影がくろぐろと落ちた細い旧道がまぶたに甦る。


カトリック墓地の待合所で一人、待っていた。窓の向うに拡がる六百坪ほどの敷地に木や石の十字架が行儀よく並び、その真中に聖母マリアのピエタの像が建っていた。十字架には遠い国から来て日本で死んだ外人神父や修道女の墓もある。それぞれ墓には聖書の言葉やラテン語の祈りが刻みこまれていた。

　十一時頃で、白い円盤のような太陽の光が強くなった時間だった。石材店の主人が連れてきた人夫が熱心によごれた作業ズボンとランニングのままでシャベルを動かしているのが見える。墓地の地面は柔かいのか、思っていたより早く、人夫の下半身が土中にかくれていった。

　どうしてもその場所に立ちあう勇気はなかった。掘りあげられた土の底から母の骸骨が姿を見せる瞬間を耐えられそうにもなかった。だから私は人夫が作業している間、錫《すず》を溶したような光のさしこむ待合室で椅子に腰をかけていた。眼の前には灰色の骨壺と箸とがおいてあり、錫を溶したような光は骨壺と箸にもさしていた。骨壺と箸を見ながら、不意に私は半月前、火葬場で同じような箸を使いながら火葬炉からとり出された兄の骨を骨壺に入れた瞬間を思い出した。兄の骨はそれがどこの部分かわからぬほど小さく、ばらばらになり、あるものは乳白色、他のものは少し焼け焦げて褐色味を帯びていた。「主よ。彼の魂を救いたまえ。《エル・ドミネ・アニマム・エユス》彼の安らかに憩わんことを《レクイエスカト・イン・パーケ・アーメ》」私のかたわらで神父がひくい声で祈りを唱えつづけていた。そして妻と同じ骨を箸でつまみ、それを骨壺に入れた瞬間、自分は遂に一人になったという思いが胸を突きあげてきた。

それは兄が生存中は死と私との間に彼が入っていてくれたのに、今、その兄は消え、黒々と死は私の前に立ちはだかってきたという感覚だった。私は子供の時から父母の離別のため、この母と兄とだけにあまりに結びついて生きてきた。その母と兄とが死んだ現在、一人、とり残されたという気持が強く起った。

眼を窓に向けると、人夫の動きがのろくなっていた。やがて彼はシャベルを盛土に突きさし、手拭でゆっくり顔の汗をぬぐった。それから光った逞しい肩をこちらに向け、大きな篩《ふるい》を手にしてふたたび穴のなかに身を入れた。この動作で、母の遺骸が土中から今、あらわれ、彼が今、骨を集めるのだと私にもわかった。「安らかに……《レクイエスカト》眠らんことを《イン・パーケ》」という祈りが私の唇から衝いて出た。両手を膝において兄の骨を拾った時と同じこの祈りを口のなかで唱えた。

五分たった。十分たった。やっと人夫は穴から立ちあがり、篩をシャベルの横においた。地面に這いあがった彼はまぶしそうにこちらを見つめたが、ゆっくりと待合室の方角にやってきた。

「終ったよ」と彼はぶっきら棒に言った。「骨壺、持ってきてください」

陽光が額を刺した。私は人夫のあとを十字架と十字架との間の道を通って母の墓まで歩いた。盛土の上においた篩の底に腐蝕した木片に似たものがかたまっていた。私は息をのんだ。それが三十数年間、埋っていた母だった。

「すみません……でした」

私のこの声を人夫は礼の言葉と受けとったのか、いやと無愛想に答えた。すみません……でした、骨に向って私は心のなかで繰りかえしていた。泥のなかで、錆びた木片のようなものに変った彼女は火葬場での兄のまあたらしい乳白色の骨とはあまりに違っている。これが母の信仰と人生とがこの地上に残したただ一つのあわれな残骸か。箸を動かし、骨壺のなかにその一片を落すとかすかな音がした。人夫は盛土に突きさしたシャベルに両手をおいて、私の動作の終るのをじっと見ていた。

「もう、いいかね」

うなずいて立ちあがると眩暈《めまい》がして足が少しよろめいた。盛土の上から古井戸のような暗い穴を私はしばらく見おろした。この穴のなかに三十数年、母は埋められていたのだ。間もなく兄の骨壺もそこにおさめられる。

骨壺を白布で包み人夫と一緒に墓地のすぐ近くにある石材店に行った。石材店の主人が私を車にのせて火葬場まで連れていってくれる手筈になっていた。

主人は出先からまだ戻っていなかったから、花崗岩の墓石や燈籠や地蔵さまが並んでいる庭の石材に腰かけ、彼の帰りをしばらく待った。膝においたこの骨壺は兄のそれよりもずっしりとした重さがあるような気がする。体も小さく背の低かった母の骨がなぜ、こんなに重いのかと、暑くるしい白っぽい空を見ながらぼんやり考えた。それはこの齢まで持ち続けた母にたいする私の偏愛と愛着のためにちがいなかった。母は私にとって必ずしもやさしい女ではなかった。むしろその孤独な生活や信仰の烈しさのため、惰弱でぐうたらな私は幾度となく苦しまされた。学生の時、私はそんな母に耐えきれず彼女と離婚をした父親の家に逃げたことさえある。だが父の家に住むと、私は母を見捨てたという悔いに悩まされつづけた。

(でも結局は俺も、同じところに埋められるわけだ)

と私は膝の上の骨壺に囁いた。そして先ほど見た丸い深い、そして暗い穴のことを思いだし、あそこが私が永遠に母や兄と住む場所だと考えた。

車の音がして石材店の主人が帰ってきた。

「警察から許可をもらってきたんでね」

土葬を掘り出すのは警察の許可がいる。その証明書がなければ火葬場では遺骸は焼いてくれないそうだ。

「そうそう」

彼は私を自分の車に乗せる前に急に思い出したように、

「墓碑ができているけど、見ますかね」

主人は私を並んだ燈籠の背後にある小さな作業場に連れていくと、鉢巻をして働いている二人の青年に何かを命じた。青年たちは真新しい黒く光った墓碑を運んで地面においた。あたらしい墓のそばにこれを建てるのである。

墓碑の右端にまず母の名と死亡した日とが刻みこまれている。横に兄の名と死亡年月日も彫られていた。何かなつかしいものを見るように二人の名を眺めたが、その横が大きく大きくあいているのに気づいた。そう……その横にいつかは、私の名も刻みこまれるだろう。

付記

本書は、このたび発見された「影に対して」を中心に、母をめぐって書かれた著者の作品から編集部がセレクトしたものです。各作品間には、実際の出来事に材を取りながら、家庭の状況などについて食い違う記述があります。

少し年譜ふうに記しますと――

遠藤周作は一九二三年三月二十七日、東京市巣鴨で父・常久と母・郁の間に生まれた。二歳年上の兄・正介との二人兄弟。二六年、父の転勤に伴い、満洲大連へ移る。三三年、両親が離婚。母は周作と正介を連れて帰国し、兵庫県西宮市に居を構えた。三五年、母がカトリックへ入信、次いで子どもたちも受洗する。四二年、浪人中の周作は、折から海軍に入隊する兄と相談の上、経済的事情を理由に、母と暮らしてきた家を出て上京することを決意。既に帰国し、再婚していた父と同居するようになる。戦後、母もまた上京したが、五三年に急逝した。周作が亡くなったのは、九六年九月二十九日のことである（山根道公氏作成の「年譜・著作目録」〈『遠藤周作文学全集15』所収、新潮社刊〉による）。

しかし、右の伝記的事実は事実として、読者の方々にはまず何よりも、著者が長い時間をかけて、少しずつ変化や深まりを見せながら、母について書き継いだ作品群を味読していただければ幸いです。

編集部

初出

影に対して　未発表小説。二〇二〇年六月二十六日、長崎市遠藤周作文学館は寄託資料の中から本作（著者による草稿二枚および秘書による清書一〇四枚）が発見されたことを公表した。その後、「三田文學」二〇二〇年夏季号掲載。本書においては、同館より借り受けた写真版によって、小社編集部が新たにテキストを作成した。自家用の原稿用紙に印刷された自宅住所から、六三年三月以降の執筆と目される。

雑種の犬　「群像」一九六六年十月号
六日間の旅行　「群像」一九六八年一月号
影法師　「新潮」一九六八年一月号
母なるもの　「新潮」一九六九年一月号
初恋　「小説新潮 別冊」一九七九年夏季号
還りなん　「新潮」一九七九年一月号

長崎市遠藤周作文学館のご協力に深く感謝いたします。

カバー装画
Vilhelm Hammershøi
Ⓒ AGE／PPS通信社

見返し
「影に対して」著者自筆草稿
長崎市遠藤周作文学館蔵

装幀
新潮社装幀室

本書には今日の観点からみると、差別的ととられかねない箇所がありますが、著者に差別的意図がなく、作品自体の持つ文学性、また著者が故人であるという事情も鑑み、原文通りとしました。

影《かげ》に対《たい》して　母《はは》をめぐる物語《ものがたり》

著　者　遠《えん》藤《どう》周《しゅう》作《さく》
発　行　二〇二〇年一〇月三〇日
四　刷　二〇二一年一一月　五日
発行者　佐藤隆信
発行所　株式会社新潮社
〒一六二―八七一一
東京都新宿区矢来町七一
電話　編集部〇三(三二六六)五四一一
読者係〇三(三二六六)五一一一
https://www.shinchosha.co.jp
印刷所　大日本印刷株式会社
製本所　加藤製本株式会社
乱丁・落丁本は、ご面倒ですが小社読者係宛お送り下さい。送料小社負担にてお取替えいたします。
価格はカバーに表示してあります。

ISBN978-4-10-303524-4 C0093

勝呂

彼は畳に片手をついて、父の家に焼け残った古いアルバムをめくっていた。アルバムの黒い紙は
色あせて湿った臭いが漂ってきた。少年時代の彼の写真、父に撮ってもらっ
たものである。高尾山に登った時の写真、丸坊主の彼がくたびれたような顔をして父と並んで
熱海の海岸でうつした写真。これも父と一緒である。どの写真のなかでも
父は微笑を浮べている。彼は自分も写真をとられる時、
この父と同じように、気の弱そうな微笑を頬に浮べることをふと考えた。そして、それら
の写真のところどころに、あきらかに前にはそこに貼りつけてあったのに、剝ぎとった痕か
あった。糊のあとだけが、灰色に乾いて残っている。彼はその写真にうつっていた人が何
者か、その写真を誰が剝ぎとったのかもちろん、知っていた。

「おいで。稔、手を引いてあげよう」

父は勝呂の息子の手を引きながら、庭の小さな池の周りを歩いていた。その満足そうな顔に陽があたっている。そのうしろ
から勝呂の妻がついていく。日光躑躅の真赤な花が池のほと
りに小さな炎のように燃えている。黒い地面から菖蒲の剣に似た芽を出している。

「これは鯉、金魚じゃないね。さあ稔、何匹いるかな」父は立ちどまって孫をうし
ろから抱きかかえるようにして水面を覗きこんだ。「三匹、四匹」
その父の手を握りしめているのが、勝呂には不愉快だった。理屈ではそういうことが理不尽だと彼はわかっている。
彼は眼をアルバムに落して剝ぎとられた写真の
なかに心のなかで呟く。あなたは稔の顔をみずに死んだ。あなたは
ぼくの妻の顔も知らない。あなたは今、この春の日曜日嫁や
孫に囲まれているあの父をどんな気持で眺めているか。
「二匹、三匹、四匹」
「まだその岩の下にもいるぞ。かくれているぞ」
池の水面に陽炎のように陽が動いた。和服の上に手製のモンペをはいて
茶にもともとこっていた